KB113853

FUSION FANTASTIC STORY

김대산 장편소설

완빤치

완빤치 5

김대산 장편소설

초판 1쇄 찍은 날 § 2016년 8월 9일
초판 1쇄 펴낸 날 § 2016년 8월 16일

지은이 § 김대산
펴낸이 § 서경석

편집책임 § 고승진

펴낸곳 § 도서출판 청어람
등록번호 § 제387-1999-000006호
등록일자 § 1999. 5. 31
어람번호 § 제1-2496호

주소 § 경기도 부천시 원미구 부일로 483번길 40 서경B/D 3F (우) 14640
전화 § 032-656-4452 팩스 § 032-656-4453
http://www.chungeoram.com
E-mail § chungeorambook@daum.net

ISBN 979-11-04-90920-7 04810
ISBN 979-11-04-90822-4 (세트)

FUSION FANTASTIC STORY

김대산 장편소설

완빤치

5

도서출판 청어람

완벽지

CONTENTS

제3장
친구

지금 이건 죽고 사는 문제야!

장기혁 상무의 휴대폰이 급하게 울린다. 통제실로 부터다.

"뭐야?"

—상무님! 황 기자 휴대폰 신호가 잡혔습니다.

"그래? 발신지가 어디야?"

—아주 짧게 통화하고 곧바로 꺼지는 바람에 근접 추적은
불가능했습니다만, 신월동 인근인 것으로 보아 역시 같은 장
소인 것으로 판단됩니다.

"음… 수신자는?"

—외부 분석 의뢰를 해두었습니다. 결과가 나오는 대로 보고드리겠습니다.

장 상무는 잠시 고민한다.

'서 전무의 휴대폰 신호에 이어, 황 기자의 휴대폰으로도 누군가와 통화가 있었다? 그것도 같은 장소에서? 혹시… 추적을 방해하기 위한 놈들의 교란 작전인가?'

그러나 지금 상황에서 다른 선택의 여지는 없다.

가용 전력의 거의 대부분이 이미 신월 7동의 경계 내로 진입해 있는 것이다.

철민은 문득 한 사람을 떠올린다.

"야! 완빤치! 혹시 내가 필요하면 연락해라! 귀찮게 구는 놈이 있다거나, 법으로는 해결 안 되는 일이 생겼다든지, 그럴 때 말이야!"

짱이다. 일단 녀석에게로 생각이 미치자, 더 이상 재고 말고 할 겨를이 없었다. 철민은 당장 전화를 건다.

"여보세요?"

—어이, 완빤치! 웬일이냐? 네가 전화를 다 하고?

"급한 일이 생겨서 그러는데… 나 좀 도와주라! 사례는 충분히 할게!"

―사례……? 그래, 충분히 얼마나 해줄 건데?

짱의 목소리 톤이 설핏 삐딱해지는 것 같았다.

"네가 원하는 대로 줄게! 정말 급해서 그런다!"

―그래? 그럼, 이번에 팔자 한번 고쳐 보지, 뭐! 한 10억쯤 줄래?

그러더니 녀석은 곧바로 욕지거리를 뱉어낸다.

―야, 이 새끼야! 니가 그렇게 돈이 많냐? 뭐, 달라는 대로 준다고?

"미안하다. 그런 뜻이 아니라……!"

철민은 곧바로 사과를 했다. 그러다가 그는 갑자기 울컥하고 만다.

"새끼야! 지금 이러고 있을 때가 아니라고! 진짜 급하다고!"

화가 아니었다. 다급함이었다. 허락된 30분에서 벌써 몇 분쯤 흘러가고 있었다.

전화 저편의 녀석이 멈칫했다. 그리고 녀석은 사뭇 가라앉은 목소리로 물어온다.

―무슨 일인지 차분하게 말해봐라!

녀석의 당부대로 철민은 다급한 마음을 추스르며 최대한 차분하게, 황유나가 납치된 대강의 사정을 간추려서 말했다.

―어허! 얘들이 사고 쳤네! 아주 대형 사고를 쳤어!

탄식처럼 뱉고 나서 짱이 다시 묻는다.

─근데 종류가 뭐냐? 필로폰?

"나도 몰라! 그런 것까진!"

─그럼 양은?

"정확하지는 않은데, 한 몇십 킬로그램쯤 돼!"

─뭐, 몇십… 킬로그램?

짱의 반문에 경악이 묻어난다. 그러더니 녀석은 곧장 욕지거리를 뱉어낸다.

─씨바! 사고를 쳐도 아주 제대로, 진짜 엄청난 사고를 쳐버렸네?

그리고 잠시간의 틈을 두고 나서 짱이,

─어쨌든 일이 그렇게 되어버렸다는 거지?

하고 불쑥 뱉고는 다시 차분하게 덧붙인다.

─마약 다루는 애들은 대개 독종이 많아! 살인도 서슴지 않고 해치우는 놈들이지. 뭔 말인지 아냐? 순순히 물건을 넘겨준다고 해도, 놈들은 절대 황유나를 곱게 풀어주지 않을 거고, 여차하면 너까지 함께 처리해 버리려고 할 거라는 얘기다.

철민은 섬뜩해지고 만다.

"그럼 어떻게 하지?"

─당장 무슨 뾰족한 수가 있겠냐? 일단 부딪쳐 봐야지!

"음……!"

─이따가 놈들이 연락을 해올 거잖아? 그럼 니가 먼저 장소

를 정해! 그쪽에서 어떻게 나올지 믿을 수 없으니까, 가능하면
오픈된 장소에서 만나자고 하는 거야!

"그쪽에서 그러려고 할까?"

―한번 배짱을 부려 보는 거지! 어쨌든 물건이 이쪽에 있는
이상, 놈들도 쉽게 막장으로 가지는 못할 테니까!

"그래서 만난 다음에는? 또 어떻게 하지?"

―물건의 일부만 넘겨주는 거지! 그리고 나머지는 황유나
하고 직접 맞교환을 하자고 하는 거야!

"그러다가 놈들이 당장 황유나를 해코지하겠다고 나오면?"

―새끼야! 정신 챙겨! 지금 이건 죽고 사는 문제야! 황유나
를 구하려면 너부터 마음 독하게 먹어야 돼! 씨바! 이판사판
이다! 황유나 머리카락 하나라도 건드리면, 나도 니들 물건 확
없애버릴 테니까, 어디 한번 해봐라! 그런 식으로 나가란 말
이야! 저 새끼들이 너에 대해서 아는 건, 휴대폰 번호밖에 없
다며? 물건이 니 손에 있는 한, 저 새끼들도 절대 함부로는 못
한다니까?

짱이 짧게 숨을 돌리고 나서 덧붙인다.

―어쨌든, 일단 부딪쳐 보자고! 그다음에 또 어떻게 할지는,
내가 좀 더 대가리를 쥐어짜 볼 테니까!

우리 친구 맞나?

철민의 휴대폰이 울린다. 그 남자다.

─물건은?

"준비되었소!"

─좋아! 만날 장소를 말하겠다.

"잠깐! 그 쪽에서 어떻게 나올지 믿을 수 없으니까, 만날 장
소는 내가 정하겠소!"

─뭐, 새끼야? 허튼수작은 부리지 말라고 했을 텐데? 진짜
이년 입에서 돼지 멱따는 소리가 나오는 걸 듣고 싶어?

"만약 그 친구의 머리카락 한 올이라도 상하게 한다면, 이
물건도 그대로 화장실 변기에 쏟아부어 버릴 거요!"

─뭐야? 이 새끼가 지금……?

남자의 목소리에 차갑게 날이 섰다.

흠칫 소름이 돋았지만, 철민은 기왕의 각오대로 뻗대고 나
간다.

"당신들이 또 무슨 짓을 할지 이떻게 믿으란 거요? 내게도
최소한의 안전장치는 있어야 할 것 아니냔 말이오!"

남자는 잠시 말이 없다. 침묵 속에서 당황하는 느낌이 전달
되어 오는 것 같다. 잠시 후…

─어떻게 하겠다는 거야?

남자의 목소리는 한결 가라앉아 있었다.

철민은 미리 고민해 놓은 대로 차분하게 얘기를 풀어낸다.

'명동 S백화점 1층 햄버거 매장에서 만나자! 황유나의 자필로 애국가 1절을 쓰게 하고, 그걸 가져와라! 필체를 확인하고 나서 물건의 일부를 넘겨주겠다! 물건의 나머지는 사람과 직접 맞교환하자!'

그런 내용이었다.

남자는 코웃음 치며 다시금 강하게 협박을 가해왔다. 그러나 철민이 그야말로 '이판사판'의 각오로 밀어붙이자, 남자는 한풀씩 꺾이기 시작했다. 그리고 결국 남자는,

─명심해라! 만약 조금이라도 엉뚱한 수작을 부리면, 그 즉시 여자는 죽은 목숨이다!

라는 경고와 함께 철민의 요구를 받아들였다. 결국 짱의 계산이 들어맞은 셈이었다.

철민은 급하게 구한 중간 크기의 여행용 캐리어를 끌고 백화점 1층의 햄버거 매장 안으로 들어선다. 그리고 구석진 곳의 빈 테이블 하나를 차지하고 앉는다.

5분여쯤 지났을까? 누군가 빠른 걸음으로 다가서더니,

"김철민 씨?"

하고 나직한 소리로 물었다. 큰 키에 스포츠머리를 한 사내다.

"접니다!"

철민의 대답에 사내는 곧장 테이블의 맞은편 의자로 앉는다.

"물건은?"

사내의 목소리에는 긴장감과 서두르는 기색이 역력했다. 그 덕에 철민은 약간이나마 긴장을 추스를 수 있었다.

"쪽지 먼저 보여주시오!"

철민이 캐리어를 가볍게 툭 치며 말했다.

사내가 조금 뜸을 들였다가 주머니에서 쪽지 하나를 꺼내 건넨다.

철민은 재빨리 쪽지를 훑어본다.

[동해물과 백두산이 마르고 닳도록 하느님이 보우하사 우리나라 만세!]

요구한 대로 애국가 1절이 쓰여 있었다.

그러나 사실, 철민은 황유나의 필체를 알지 못한다.

"물건!"

사내가 짧고 강한 톤으로 재차 요구했다.

철민이 캐리어를 사내 쪽으로 민다.

사내가 즉시 캐리어의 지퍼를 열고 안쪽의 내용물을 확인한다. 그러곤 나직하게 중얼거린다.

"1킬로그램쯤 됩니다!"

철민에게 말하는 것은 아니었다. 그러고 보니 사내는 한쪽 귀에 이어폰을 끼고 있었고, 옷깃에는 작은 마이크 같은 것을 달고 있다. 아마도 휴대폰으로 다른 누군가의 지시를 받고 있는 것이리라. 이어 사내가 철민을 노려보며 차갑게 말한다.

"지금 장난치나?"

역시 이어폰으로 전해진 말을 그대로 뱉는 것이리라.

"나머지는 사람과 직접 맞교환하겠다고 말하지 않았소?"

사내가 잠시 틈을 두었다가 다시 차갑게 받는다.

"이건 마지막 경고다. 한 번만 더 이따위 수작을 부렸다간, 그땐 계집년의 눈알을 빼서 네 손에 쥐어주마! 다시 연락할 때까지 기다려라!"

철민은 등골이 서늘하여 당장 뭐라고 대응을 하지 못한다.

사내가 서두르며 자리에서 일어서고 있다.

"잠깐만! 이봐요?"

철민이 급하게 따라 일어섰다.

그러나 사내는 재빠르게 캐리어를 끌고 곧장 밖으로 나가 버린다.

철민이 곧장 쫓아나가지는 못하고, 잠시 시간을 두고 밖으로 나간다. 그리고 빠르게 주변을 한번 훑는다. 어디에선가 그를 지켜보는 시선이 느껴지는 것만 같다. 그러나 그는 애써 태연하게 걸음을 옮긴다. 그때였다.

끼~ 익!

바로 옆 도로에 택시 한 대가 급브레이크를 밟으며 섰다. 그리고 뒷문이 벌컥 열리더니 그를 향해 재촉하는 손짓이 있었다. 짱이었다.

예정에 없던 상황이라 철민이 놀랐으나, 일단 택시에 올라타면서 다그친다.

"야! 너 사람 안 쫓아가고 여기서 뭐 하는 거야? 놓쳤어?"

짱이 고개를 가로저으며 대답한다.

"그럴 필요가 없게 됐다."

"무슨 소리야?"

"가면서 얘기해 줄게!"

그리고 짱은 택시 기사에게 말한다.

"아저씨! 얼른 출발합시다!"

퉁퉁한 얼굴에 선글라스를 낀 40대쯤의 택시 기사가 느긋하게 짱을 돌아보며 말한다.

"대절비를 먼저 주셔야지!"

그러자 짱이 철민을 향해 빠르게 뱉는다.

"5만 원!"

철민이 지갑에서 손에 잡히는 대로 한 장을 꺼내고 보니 10만 원짜리였다.

수표를 건네받은 기사가 짐짓 미간에 세로 주름을 만들며 힐끗 철민의 눈치를 살핀다.

"잔돈은 안 주셔도 됩니다!"

철민의 말에 기사가 대번에 반색한다.

"아이고! 이렇게나……!"

"거 빨리 좀 갑시다! 우리 급하다니까?"

짱이 불량스러운 투로 재촉을 한다.

그러나 기사는 여유 있는 웃음으로 받는다.

"예! 출발합니다."

"급하니까 꽉꽉 좀 밟으셔!"

"오케이! 서울 시내에서 내 운전 실력 따라올 사람 없으니까, 마음 꽉 놓으셔!"

택시가 급하게 출발을 했다.

택시는 꽉꽉 밟다 못해 아예 난폭하게 달렸다.

가면서 얘기해 준다더니, 짱은 무슨 깊은 생각에라도 잠긴 듯 아무런 말이 없다.

"어떻게 된 일인지 얘기 좀 해봐!"

철민은 더 이상 참지 못하고 차 안의 침묵을 깬다.

짱은 인상을 잔뜩 찡그렸다가 펴더니 불쑥 말을 뱉는다.

"야! 완빤치! 우리 친구 맞나?"

이 상황에서 도대체 뭐 하자는 건가 싶다. 그러나 철민은 가벼운 구박으로 받아준다.

"그걸 말이라고 하냐?"

"대답부터 해라, 인마!"

짱이 여전히 정색을 하며 채근했다.

"그래, 우리 친구 맞다!"

"고맙다!"

짱은 여전히 정색한 채였다.

그에 철민은 문득 약간의 미묘한 자책감 같은 것을 떠올려야만 했다. 녀석이 무슨 뜻으로 한 말인지는 알 수 없는 노릇이다. 그러나 그 자신이 한 대답은, 솔직히 진심이라고 말하기 어려웠다. 좀 더 솔직히 말하자면, 지금 그에게는 녀석이 필요할 뿐이다.

"아까 그 새끼가 햄버거 매장 안으로 들어가고 난 다음, 패거리로 보이는 다른 두 놈이 바깥에서 얼쩡대더라?"

짱이 나지막이 꺼낸 얘기였다. 그에 철민이 채근한다.

"그래서?"

"그런데 그 두 놈 중 한 놈의 낯이 눈에 좀 익더라고!"

"뭐? 그럼 그놈을 따라잡았어야지?"

철민이 펄쩍 뛰다시피 했다. 그러나 짱은 차분하게 받는다.

"지금 그놈이 있을 만한 곳으로 가고 있는 중이야!"

그 말에 철민은 조금 안도가 되었지만, 다시금 채근한다.

"어떤 놈이야? 도대체 뭐 하는 놈인데?"

그러나 짱은 여전히 차분하기만 했다.

"다 왔다. 저기 앞쪽이야!"

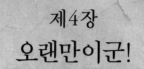

제4장
오랜만이군!

제 친구입니다!

"저 상가 지하에 걔네들 아지트가 있어."

택시를 보내고 나서 짱은 20여 미터쯤 앞쪽에 있는 10층짜리 허름한 상가를 가리켰다.

상가 지하로 내려가는 통로는 노란색의 플라스틱 펜스로 가로막혀 있다.

[차량 절대 진입 금지]

커다란 글씨로 적혀 있는 푯말이 플라스틱 펜스에 걸려 있다.

저 안에 지금 황유나가 있을지도 모른다는 생각에, 철민의 마음이 급해질 때였다.

"일단 내가 안으로 들어가서 상황을 살펴보고 올 테니까, 넌 여기서 대기하고 있어라!"

짱이 차분한 투로 말했다.

"너 혼자 들어가겠다고?"

철민의 물음에 짱이 희미하게 웃음기를 지어내며 받는다.

"그럼? 널 데리고 가냐? 네가 함께 가서 뭘 어떻게 할 건데? 아서라! 방해만 돼! 그리고 난 놈들과 안면이 좀 있으니까, 적당히 상황만 살펴보고 금방 나올 거야!"

그에 철민은 달리 무슨 방법이 있는 것도 아니었기에 굳이 하지 말라고 할 수도 없었다. 다만 짱에게 오롯이 위험을 다 지우는 것 같아서 미안할 뿐이다.

"걱정 마라! 다 잘될 테니까!"

짱은 싱긋 웃어 보이고는 곧장 상가를 향해 간다.

짱은 그 노란색 플라스틱 펜스 옆의 좁은 틈새를 지나 성큼성큼 지하 통로를 걸어 내려간다. 그리고 그가 완만하게 굽은 통로의 끝을 막 돌아설 때였다.

"누구야?"

거친 목소리가 짱의 앞을 막아선다. 지하의 입구를 지키던 두 명의 사내였다. 그러나 그들은 이내 쌍의 얼굴을 알아본 듯하더니, 주춤 뒤로 한 걸음씩 물러서며 사뭇 곤란하다는 표정을 지었다.

"저기… 지금 여기 들어오면 안 됩니다!"

쌍은 가만히 인상을 구긴다. 나이로 보나, 서열로 보나 한참 아래인 놈들이다. 그런데 아무리 갑작스러운 등장이라고 하더라도 제대로 된 인사는커녕, 형님 소리조차 하지 않고 그저 껄끄러운 상대로만 대하는 태도라니! 하긴 그는 원래 그런 존재였다. 종수파에서!

"안 돼? 뭐가 안 돼? 왜 안 되는데?"

쌍이 시큰둥하게 따져 물었다.

둘 중 한 사내가 힐끗 뒤를 돌아보며 재빨리 대답한다.

"지금 큰형님께서 와 계십니다. 아무도 들여보내지 말라고……."

그 말에 쌍은 내심 흠칫했다. 그러나 한편으로 미리 각오를 하지 않았던 상황도 아니었으니, 다만 좀 더 과감하게 치고 나가야 할 필요성이 생겼을 뿐이다.

"비켜! 새끼들아!"

말보다 쌍의 몸이 먼저 움직였다. 불쑥 앞으로 나아가면서 손날로 한 놈의 목울대를 친다. 이어 연속 동작으로 다른 놈의 품을 파고들며 팔꿈치로 놈의 명치를 찍는다.

"컥!"

"윽!"

짱은 짤막한 비명과 함께 동시이다시피 허물어지는 두 놈을 그대로 두고 성큼성큼 안으로 걸어 들어간다.

"거기, 무슨 일이야?"

안쪽에서 누군가 소리쳐 물었다.

짱은 대답하지 않고 빠른 걸음으로 곧장 걸어간다.

안쪽 주차장 바닥에 덩그러니 놓인 커다란 응접세트에 두 명의 사내가 앉아 있다가 그중 덩치 큰 사내가 벌떡 일어서며 짱을 맞아 나온다. 방기열이다.

짱은 우선 여전히 소파에 앉은 채 느긋한 시선으로 자신을 보고 있는 사내, 종수파의 두목 오종수에게 가볍게 목례를 한 다음, 다시 방기열을 향해 싱긋 웃어주었다.

짱과 오종수의 인연은 꽤 오래되었다. 그가 어린 나이에 거리로 뛰쳐나왔을 때 우연한 인연으로 오종수의 도움을 받은 적이 있고, 그 이후로도 어려울 때마다 몇 번의 도움을 더 받았다.

그렇더라도 짱이 정식으로 종수파의 조직에 적을 둔 것은 아니다. 오종수도 굳이 그러기를 강요하지는 않았다. 아마도 짱이 철저히 '독고다이' 체질이라는 것을 인정한 것이리라. 그렇더라도 짱이 오종수에게는 깍듯하게 형님 대접을 하였으니, 종수파의 조직원들과도 적당히 안면을 트고 지냈다.

방기열의 별명은 무데뽀다. 오종수의 명령이라면 물불 가리지 않고 저돌적으로 해치우는 절대적인 충성 때문이기도 하지만, 한편 오종수 이외의 다른 사람들에겐 선후배를 막론하고 안하무인인 데가 있어서이기도 하다. 특하나 제 밑의 서열에게는 무조건적인 복종을 강요하며, 거부할 경우에는 잔혹하리만큼 응징을 하는 자였다.

그런 방기열이었으니, 짱의 애매한 처신을 용납하지 못한 것은 당연했다. 오종수의 심복으로 인정받고 짱보다 나이도 몇 살 위여서 방기열은 짱에게 무조건 굴복을 강요했다.

그러나 짱은 짱대로 그런 방기열이 순순히 용납될 리 없었으니, 둘이 격돌한 것은 당연했다.

종수파의 간부급들이 지켜보는 가운데 짱과 방기열은 일대 일로 맞붙었다.

사실 그런 데는 짱의 실력을 제대로 한번 보고 싶었던 오종수의 묵인이 있기도 했다.

결과는 짱의 승리였다. 방기열의 힘과 깡은 과연 대단했지만, 실력과 투지에서 짱이 한 수 위였다.

그렇더라도 싸움은 피가 난무할 정도로 격렬했고, 만신창이가 되고서도 악착같이 물고 늘어지는 방기열을 주위에서 억지로 떼어 놓고 나서야 끝이 난 한판이었다.

그 후로도 짱은 종수파와 적당히 겉도는 관계를 유지했고, 그러는 사이 방기열은 행동대장의 위치에 오르면서 명실 공히 조직 내 이인자가 되었다.

"여기 여자 하나 데리고 있지?"

짱의 말에 방기열이 언뜻 의아해하다가는 지그시 인상을 쓰며 대꾸한다.

"여자? 모르겠는데? 뜬금없이 웬 여자?"

그러나 짱은 이미 건너편 소파의 한쪽 구석에 묶인 채 처박혀 있는 남녀를 발견했다. 비록 옆모습인 데다 잔뜩 웅크리고 있었지만, 그중 여자가 바로 황유나라는 직감은 강렬했다. 짱이 애써 흥분을 가라앉히며 차분하게 말했다.

"저 여자, 내가 아는 사람이야!"

"그래서?"

방기열은 설핏 흥미롭다는 표정이 되었다.

"내가 데리고 가야겠어!"

그 말에 방기열이 피식 실소한다. 그러고는 곧장 말이 거칠어진다.

"이 새끼, 이거, 진짜로 웃기는 새끼네? 야, 새꺄! 니 눈깔에는 형님 계시는 것도 안 보이냐? 건방지게 누굴 맘대로 데리고 가겠다는 거야?"

짱의 주먹이 공간을 가르고 날아간 건 그 순간이다.

픽!

기습적으로 관자놀이를 강타당한 방기열이 비명도 지르지
못하고 바닥으로 무너져 내린다. 그런 그의 눈빛에는 예고도
없이 날린 주먹에 대한 분노와 억울함이 설핏 맺혀 있다.

방금 일어난 상황을 고스란히 지켜보았음에도 오종수는 여
전히 소파에 깊숙이 등을 기댄 채였다. 지그시 짱을 노려보는
그의 눈빛에는 당황한 기색보다는 오히려 차가움이 맺혀 있
다.

"형님!"

짱이 새삼 허리를 숙였다.

"어! 성철이 왔냐?"

오종수가 마치 아무 일도 없었다는 듯 태연스레 고개를 까
딱여 인사를 받았다. 이어 그는 천천히 허리를 세워 앉으며
힐끗 눈짓으로 소파의 건너편을 가리키면서 묻는다.

"저 여자하고 아는 사이라고?"

짱이 오종수의 눈짓을 따라 황유나를 확인한다. 그리고 차
분히 대답한다.

"그렇습니다, 형님!"

오종수가 싱긋 웃으며 다시 묻는다.

"그럼… 혹시 너! 김철민이 하고도 아는 사이냐?"

"예! 제 친구입니다."

짱이 망설임 없이 대답했다.

오종수의 표정이 설핏 일그러진다. 그러나 그는 이내 다시 미묘한 웃음기를 그려낸다.

"친구라……? 후훗! 이거 그림이 좀 얄궂게 그려지는 거 같은데? 흠… 그래, 김철민이는 지금 어디 있냐?"

"절 기다리고 있습니다."

"물건은?"

"사람부터 풀어주시면 곧바로 넘겨드리겠습니다."

"그래?"

"절 믿으십시오! 형님!"

"널 믿으라고……? 흠… 그래, 너야 믿을 수 있지! 그러나… 그 김철민이란 친구는 어떻게 믿지? 이미 우리에 대해 알고 있다는 건데, 이러고 있는 동안 다른 수작을 부릴 수도 있는 거고! 또 거래를 한다고 해도 나중에 뒤통수를 안 때린다는 보장도 없잖아?"

"절대 그럴 친구가 아닙니다. 제가 책임지겠습니다."

"책임지겠다? 그러니 너만 믿어라?"

"예! 형님! 이 박성철이를 믿으십시오!"

"그럼… 이렇게 하는 건 어때? 네가 날 믿어주는 걸로 말이야!"

"무슨 말씀이십니까, 형님?"

"김철민이에게 지금 즉시 이곳으로 물건을 가지고 오라고 해! 그럼 인질을 풀어주지! 물론 나도 지금 이 말에 책임을 지겠다고 약속하지!"

짱이 잠깐의 침묵을 지킨다. 그리고 무겁게 받는다.

"그렇게는 못 하겠습니다. 인질을 풀어주는 게 먼저입니다."

"흐흐흐!"

오종수가 나직하게 웃었다. 그리고 느긋하게 말을 잇는다.

"나 보고는 널 믿어 달라며? 그런데 너는 날 못 믿겠다? 어이, 박성철이! 지금 장사를 너무 편하게 하려는 거 아니냐?"

짱은 가만히 주먹을 말아 쥐었다. 결국 처음에 각오했던 대로 치고 나가야만 한다. 그런데 그가 막 주먹을 날리려고 할 때였다. 뒤에서 갑자기 우악스러운 힘이 그를 끌어안는다. 굉장한 힘이다. 그러나 짱이 순간의 응변으로 머리를 젖혀 뒤통수로 상대의 얼굴을 찍는다.

퍽!

"큭!"

짧은 비명과 함께 상체를 옥죄던 힘이 느슨해진다. 순간 짱은 구속에서 벗어나며 팽이처럼 몸통을 회전시킨다. 휘돌아

찍어나간 그의 팔꿈치에 묵직한 타격감이 전해진다. 콧잔등이 피투성이가 된 방기열이 바닥으로 나가떨어지며 엉덩방아를 찧는다.

그런데 짱이 다시 몸을 돌릴 때였다. 갑자기 옆구리 뒤쪽이 화끈하다. 연이어 불에 달군 쇠꼬챙이가 쑤시고 들어오는 듯이 진저리쳐지는 통증이 엄습해 든다.

"크으으~!"

옆구리를 움켜잡으며 주저앉는 짱의 시선에 차가운 미소를 머금고 뒤로 물러서고 있는 오종수가 들어왔다.

이곳에서 벌어졌던 일 전부!

짱이 상가 지하로 들어간 지 벌써 20분이 지나고 있다. 이런저런 상황을 가정해 보더라도 이미 나왔어야 할 시간이 넘었다. 연락조차 없으니 철민이 애가 타지 않을 수 없다. 그렇게 그가 안절부절못하고 있을 때다.

부르르!

휴대폰이 울렸다. 짱이었다.

"성철아!"

철민이 급하게 불렀다. 그러나 저쪽의 목소리는 느긋하다.

—어이! 김철민!

짱이 아니었다.

"누구십니까?"

─새끼! 너 지금 이 근처에 있다며?

철민은 크게 당황해서 뭐라고 대답을 하지 못한다. 그런데 그때였다. 상가의 지하 통로로 검은색의 중형 밴 한 대가 들어섰다. 밴은 입구를 차단한 플라스틱 펜스를 그대로 밀어붙이며 안으로 사라졌다.

뚝!

전화가 끊겼다.

입구를 지키고 서 있던 방기열의 부하 둘이 가로막았지만, 밴은 그들을 그냥 밀어붙였다. 그러고는 곧장 오종수 등이 있는 응접세트 가까이까지 밀고 들어가서야 멈춰 섰다.

밴의 뒷문이 열리면서 두 명의 사내가 차례로 내린다. 이어 다시 운전석에서 내리는 또 다른 사내를 보는 순간, 오종수는 나직한 중얼거림을 뱉어낸다.

"망할 놈의 영감탱이!"

운전석에서 내린 사내가 오종수와 눈이 마주치자 가볍게 목례를 보낸다. 바로 영감탱이의 수행원 중 하나로 '유 대리'라고 불리는 자다.

오종수는 유 대리와 함께 천천히 걸어오고 있는 다른 두 사내에게 퍼뜩 집중한다. 먼저 왼쪽의 사내는 긴 앞머리를 왼쪽 이마로 젖혔는데, 찰랑거리는 머리카락 사이로 보이는 눈빛이 서늘하도록 무심해 보인다. 특히 왼쪽 귓불에 달린 검은 별 형태의 피어싱이 인상적이다. 오종수는 직감했다. 그자가 바로 문제의 그 되놈이리라고!

오른쪽의 사내 또한 사뭇 강렬한 인상이다. 땅딸막한 키에 다 입고 있는 정장이 터져 나갈 듯이 우람한 상체는 마치 드럼통을 보는 듯하다. 더욱이 빡빡 밀어 버린 머리는 사뭇 위압적이다.

'4 대 2!'

오종수는 일단 계산을 마쳤다. 막상 일이 벌어지면 유 대리는 감히 자신을 적대시하지 못할 것이고, 그렇다고 자신의 편을 들지도 못할 것이니, 없는 셈 치면 된다. 그렇다면 놈들은 단둘! 반면 이쪽은 방기열과 그의 부하 둘, 거기에다 자신까지 총 넷! 4 대 2! 충분히 해볼 만한 구도다.

"오종수 씨?"

드럼통 사내가 불렀다. 굵직한 저음이다.

오종수가 대답 대신 묵묵히 시선만 주고 있자, 방기열이 선뜻 앞으로 나선다.

"너들 뭐여? 뭐 하는 놈들인데, 시방 남의 안방까지 차를 몰고 들어오고 지랄들이여?"

깨지고 터져 피범벅인 채로 두 눈을 희번덕이는 방기열의 기세는, 과연 무데뽀라는 별명이 어울려 보였다.

드럼통 사내의 눈가로 희미한 웃음기가 스친다. 그리고 순간 그의 주먹이 가볍게 허공을 가른다.

방기열은 어느 정도 대비하고 있던 터라, 황급히 몸을 비튼다. 그러나 완전히 피하지는 못하고 어깻죽지 어림을 얻어맞고 만다.

퍽!

방기열이 휘청! 크게 한 걸음을 밀려난다. 타격의 충격보다는 엄청난 힘에 떠밀린 것이다. 급하게 몸의 중심을 되찾으며 방기열이 버럭 독기를 세운다.

"이런 씨벌 눔이 죽을라고……?"

그러나 그때였다.

"방기열! 물러나!"

오종수였다. 그의 나직한 한마디가 방기열을 즉시 멈춰 세웠다. 뚝심으로 치자면 누구에게도 밀리지 않는 방기열인데, 지금 드럼통 사내의 빗맞은 주먹 한 방에 확연히 밀리고 말았다. 드럼통 사내의 상대가 못 된다는 얘기였다.

오종수는 차갑게 긴장했다. 계산에 착오가 생긴 것이다.

'좀 더 치밀하게 준비를 했어야 하는 건데…….'

입단속을 할 양으로 최소한의 인원만 동원한 것에 대한 후

회도 빠르게 스쳐 지나갔다. 그러나 후회는 가장 어리석은 짓이다. 중요한 것은 지금 당장의 상황을 어떻게든 돌파하고 보는 것이다.

"일단 진정들 합시다! 그리고 뭔가 오해가 있는 것 같은데, 보시다시피 인질은 이미 확보를 했소. 다만 우리 내부적으로 말썽이 좀 생기는 바람에, 연락이 좀 늦어진 것뿐이오."

말끝에 오종수가 눈짓으로 소파 뒤편을 가리켰다. 그곳에 사내 하나가 새우처럼 몸을 웅크린 채로 쓰러져 있다. 사내의 몸에서는 지금도 피가 흘러나오고 있어서 주변 바닥을 흥건히 적셔가고 있는 중이다. 바로 짱이었다.

힐끗 피어싱 사내의 눈치를 살핀 후, 오종수가 가볍게 어깨를 으쓱해 보이며 말을 잇는다.

"그리고 아무리 그래도 그렇지, 이렇게 다짜고짜 쳐들어와서 사정을 물어보지도 않고 손부터 쓰는 건 좀 심하지 않소?"

드럼통 사내가 피어싱 사내의 곁으로 붙어 서며 뭐라고 귀엣말을 한다.

그러나 피어싱 사내는 표정에 조금의 변화도 없이 무심하기만 하다.

오종수는 손바닥에 밴 땀이라도 닦는 척, 손을 바지 자락에 비비면서 슬쩍 주머니 속의 잭나이프를 확인한다. 여차하면

칼침부터 날리고 볼 작정이다.

그런데 그때 피어싱 사내가 문득 움직였다. 그런데 그 걸음 걸이가 사뭇 묘하다. 느릿하게 움직이는 듯하더니, 한순간에 쭉 미끄러져 나오면서 어느새 방기열에게로 바짝 다가서는 것 이었다.

방기열이 흠칫 놀라며 주춤 뒤로 물러선다.

그러나 순간 피어싱 사내의 두 손이 팔랑거리듯이 움직이면 서, 교묘한 각도로 방기열의 목과 가슴 부근을 잇달아 가격한 다.

파파~ 팟!

"뭐 하는 짓이야?"

오종수가 외치며 방기열 쪽으로 가려 할 때다.

"가만있어!"

드럼통 사내가 나직이 호통 치며 오종수의 앞을 막아선다.

오종수가 곧장 주머니속의 잭나이프를 움켜쥘 때다. 피어싱 사내가 성큼 큰 걸음으로 원래 서 있던 위치로 돌아갔고, 그 에 오종수 또한 찰나간의 갈등 끝에 잭나이프를 움켜쥔 손아 귀에서 힘을 뺀다.

피어싱 사내는 마치 아무 일도 없었다는 듯한 모습이다. 방 기열 역시도 무슨 일이 있었느냐는 듯이 멀뚱한 표정으로 멀 쩡히 서 있다.

그리하여 오종수는 미처 풀지 못하고 었던 긴장을 슬며시 풀고 말 때였다.

"어… 어… 윽!"

방기열이 갑자기 이상한 소리를 뱉어냈다. 그러면서 그 스스로도 의아하고 당혹스럽다는 모습이다. 그러더니 이어,

"크… 으으……!"

하고 소리가 커졌다. 그런데 표정이 일그러지며 고통을 못 이겨 몸부림치는 모습으로 되고 있는데도 방기열은, 마치 온몸이 뻣뻣하게 마비라도 된 듯이 막상 몸을 움직이지는 못하고 있다.

오종수가 크게 당황스러운 와중에 피어싱 사내가 드럼통 사내에게 짤막하게 뭐라고 말을 했다. 고개를 끄덕인 드럼통 사내가 곧장 방기열에게로 다가선다.

그러나 지금의 이 놀랍고도 이해할 수 없는 상황에 오종수는 섣불리 개입할 엄두를 내지 못한다.

"말해라!"

드럼통 사내가 짤막하게 뱉었다.

"커어… 억! 뭘……?"

방기열이 힘에 겨워하면서도 다급하게 반문했다. 그런 그의 얼굴은 어느새 온통 땀투성이가 되어 있어서, 그가 지금 얼마나 극심한 고통을 겪고 있는지를 짐작하게 해준다.

"이곳에서 벌어졌던 일 전부!"

"끄어… 어어……!"

방기열의 신음에서 고통에 대한 진절머리가 묻어난다. 이어 그는 어눌하게, 그러나 온 힘을 다해서 줄줄이 말을 토해내기 시작했다.

오랜만이군!

철민은 갑작스럽게 끊긴 전화가 다시 걸려오기만을 그저 기다리고 있는 중이다. 머릿속은 온갖 생각들로 치열했지만, 논리를 세울 수 있는 온전한 생각은 하나도 없다. 그에 지금 그가 할 수 있는 일은 아무것도 없었다.

그러다 철민은 퍼뜩 정신을 차린다. 이러고 있을 때가 아니었다. 그가 혼란과 당황에 휩싸여 있는 동안에도, 시간은 계속 허비되고 있었다. 짱이 위험하다. 무엇이라도 해야만 한다. 무엇이라도! 철민은 휴대폰의 버튼을 누른다.

"여보세요? 112죠? 여기 지금 조폭들이 사람을 납치해서 감금해 놓고 있습니다. 인질이 위험하니까 빨리 좀 출동해 주십시오!"

─좀 더 자세히 말씀해 주십시오! 우선 거기가 어딥니까?

"여기는… 신길동이고요, 주소는 잘 모르겠는데… 상가 이름이… 아! 주원상가라고 되어 있네요. 인질은 지금 상가 지하에 갇혀 있습니다."

―지금 신고하시는 분은 누구시죠?

"저는… 인질로 잡힌 사람하고 아는 사람입니다. 여보세요? 지금 상황이 급합니다. 이러고 있을 틈이 없다니까요? 조폭들이 언제 인질을 해칠지, 또 다른 데로 끌고 갈지 모르니까, 빨리 출동을 해주세요!"

―그럼, 전화하시는 분 휴대폰 위치 추적을 해도 되겠습니까?

"예! 그렇게 하시고요, 어쨌든 빨리 좀 와주세요! 지금 상황이 정말로 위급합니다."

―알겠습니다. 가장 가까운 순찰대에 곧바로 출동 지시를 내리겠습니다.

철민은 전화를 끊고, 곧장 상가 지하를 향해 달렸다. 무모한 행동이라는 자각은 있다. 그러나 지금 짱이 위험하다. 그리고 횡유나가 또 어떤 위급한 상황에 처해 있을지 모른다. 그런 이상, 아무것도 안 하고 있을 수는 없다. 무모하더라도 움직여야만 한다.

지하 통로를 따라 내려간 철민은 곧장 지하층 안으로 들어선다.

"뭐야, 너?"

입구 가까운 쪽에 서 있던 사내 둘이 소리치며, 곧장 완력을 쓸 기세로 다가든다.

철민은 사내들의 어깨너머로 지하층 전체의 상황을 재빠르게 읽어낸다. 높다란 천장과 거친 시멘트 바닥에 여러 개의 콘크리트 기둥이 선 넓은 공간. 벽 쪽에 쌓여 있는 커다란 나무 상자들. 그리고 다시 가운데쯤 놓인 커다란 응접세트. 응접세트 앞쪽에 세워진 예의 그 검은색의 중형 밴.

응접세트 주변에는 예닐곱 명의 사내가 서 있었는데, 입구 쪽의 소란에 대해 이제 막 이쪽으로 고개를 돌리고 있었다. 그리고 응접세트 한구석에는 두 사람이 묶인 채 처박히듯이 앉아 있다. 여자 하나와 남자 하나. 입에 넓게 테이프가 붙여져 있었지만, 여자는 확연히 황유나다. 그리고 역시 입에 테이프가 붙여진 채 지친 듯 고개를 숙이고 있는 남자는 서범준이리라.

"어이? 무슨 일이야?"

응접세트 쪽에서 소리쳐 물었다.

순간 철민은 앞으로 치고 나간다. 그리고 마침 다가선 두 사내 중 좌측 사내에게 한 방을 날린다.

퍽!

관자놀이를 정통으로 가격당한 사내가 비명조차 제대로 지르지 못한 채 스르르 주저앉는다. 순간 멈칫거리며 물러나는 우측 사내를 쫓아가며 철민의 한 방이 다시 작렬한다.

팟!

"큭!"

짧은 비명을 토해내며 여지없이 무너져 내리는 사내를 지나쳐, 철민은 곧장 앞으로 달려 나간다. 전력을 다한 질주다.

밴 근처에 서 있던 유 대리는 자신의 앞으로 돌진해 오고 있는 철민에 대해 진퇴 여부를 갈등하는 듯 잠깐 멈칫거리고 나서야 철민을 맞는다.

철민은 슬비를 발동시킨다. 순간 그의 몸이 튕기듯이 앞으로 쏘아 나간다.

유 대리의 두 눈이 크게 떠진다.

퍽!

유 대리의 몸이 조용히 무너진다.

오종수는 자신을 향하는 시선을 보았다. 피어싱 사내였다.

'니미!'

그러나 오종수는 빠르게 각오를 한다. 어쩔 수 없는 상황이다. 방기열은 아까의 일을 겪고 난 뒤 아예 바닥에 주저앉아 있었고, 피어싱 사내가 그에 대해 가지고 있을 의심과 불신을 어느 정도까지라도 만회시킬 필요도 있었다. 물론 그가 가진 수를 다 보여줄 필요까지는 없으리라.

"멈춰, 새끼야?"

오종수는 날카롭게 외치며 달려오는 상대를 맞아나간다. 그러나 다음 순간 그는 어떻게 된 노릇인지도 모르게 관자놀이에 강한 충격을 받고는 그대로 다리가 풀리고 만다.

"씨발……!"

아찔하니 정신을 놓으면서 오종수는 비명 대신 희미하게 욕지거리를 뱉었다.

이제 남은 자는 둘이다. 둘 중 드럼통처럼 우람한 덩치의 사내가 어느새 바로 앞까지 다가와 있었다.

철민은 다시 한 번 슬비를 발동시킨다. 주변이 느려진다. 상대적으로 덩치와의 거리는 빠르게 단축된다. 한 방을 날린다. 덩치의 눈에 비치는 당황이 생생하다. 그런데 지금까지의 결과와는 달랐다.

철민의 주먹이 관자놀이에 꽂히려는 찰나, 덩치의 두꺼운 목이 유연한 움직임으로 비틀린다. 그리고 간발의 차로 철민의 주먹을 피해나간다. 동시에 덩치는 커다란 손아귀를 활짝 벌려 철민의 목을 움켜잡아 온다. 그런 중에 덩치의 손아귀가 마치 물결이 일렁이듯 기묘하게 흔들린다. 철민은 펄쩍 뛰다시피 옆으로 비켜 나간다. 덩치가 미끄러지듯이 그의 뒤를 쫓는다. 덩치의 움직임이 한층 빨라지고 있다. 아니다. 슬비의 작용이 끝나가고 있다. 이윽고 덩치의 손아귀가 그의 목에 닿고 있다.

'헛!'

철민은 다급하게 헛바람을 들이켜며 또 한 번의 슬비를 발동시킨다. 순간 그의 몸은 속도를 배가시키며 덩치의 손아귀를 벗어날 수 있었다. 설핏 목덜미에 쓰라린 느낌이 있다. 그러나 신경 쓸 틈은 없다. 그는 급하게 측면으로 방향을 전환해서 덩치와 마주서며 다시 한 방을 날린다.

그러나 덩치는 이미 대비하고 있었다는 듯, 양 손바닥을 활짝 펼쳐 철민의 주먹을 막아온다.

턱!

주먹과 손바닥이 부딪친다. 순간 마치 스펀지를 친 것같이 철민은 거의 반력을 느끼지 못한다. 덩치가 그의 주먹을 움켜잡으려고 한다. 철민이 급하게 주먹을 회수한다. 그러자 덩치는 틈을 주지 않고 다시 철민의 목을 움켜잡아 온다.

철민은 다시 한 번의 슬비를 발동시킨다. 덩치의 움직임이 다시 느려졌고, 철민은 덩치의 손아귀를 겨우 빠져나간다. 그런데 그는 잇달아 슬비를 펼치고도, 처음과 같은 확실한 속도의 우위를 점하지 못했다.

덩치의 속도가 처음에 비해 빨라지고 있는 걸까, 아니면 슬비의 효력이 점차 저하되고 있는 걸까?

게다가 덩치는 속도의 열세를 유연한 임기응변으로 능히 보완하면서 오히려 철민을 압박하는 형세를 만들어가고 있었다.

철민은 조급해졌다. 스멀거리며 현기증이 일어나고 있다. 이미 대여섯 번의 슬비를 잇달아 펼친 뒤였다. 그것만으로도 예전에 비하면 엄청난 진전이라고 할 것이지만, 그러나 점점 한계에 다다르고 있는 것이리라.

그러나 지금으로서는 계속해서 슬비를 발동시키는 것 외에는 달리 방법이 없었다. 아니, 그것만으로는 부족하다. 속도를 더욱 배가시킬 방법을 강구해야만 한다.

철민은 한순간 우뚝 멈춰 섰다. 그 돌연함에 덩치 또한 순간 멈칫거린다. 그 찰나의 틈을 타 철민이 슬비를 발동시킨다. 그리고 덩치와의 거리를 좁히는 동시에 한 방을 날린다. 기습의 묘를 노린 만큼, 덩치는 설핏 당황한 기색이다.

그러나 그런 중에도 덩치는 양 손바닥을 활짝 펼쳐 철민의 주먹을 감싸듯이 잡아온다. 철민이 예측한 대로다. 순간 철민은 또다시 슬비를 발동시킨다. 먼저의 슬비가 작동하고 있는 중이라 두 번의 슬비가 중첩되어 펼쳐진다. 그로서도 처음으로 시도해 보는 방식이다.

팟!

철민의 몸이 마치 스프링처럼 튕겨져 나간다.

탓!

덩치가 다급한 호통을 터뜨리며, 휘청하니 허리를 뒤로 꺾는다. 그러고는 그 자세 그대로 미끄러지듯이 측면으로 흘러나간다. 그것은 마치 서커스의 묘기를 보는 듯한 광경이다.

그렇더라도 철민은 압도적인 속도의 우위로 덩치를 바짝 쫓아갈 수 있었다. 덩치의 관자놀이가 선명하게 보인다. 그런데 덩치의 관자놀이에다 결정타를 꽂으려는 바로 그 순간,

찌릿!

철민은 갑작스러운 현기증에 휩싸이고 만다. 부작용이다. 연이은 슬비에다, 더욱이 처음으로 슬비를 중첩시켜 결국 무리가 오고 만 것이리라.

철민이 주춤하는 찰나, 덩치는 한 마리의 살찐 미꾸라지처럼 활로를 찾아 옆으로 빠져나갔다.

철민은 이를 악다문다. 그리고 다시 한 번의 슬비를 중첩시킨다. 순간 그의 몸이 쭉 늘어나듯이 앞으로 쏘아나간다. 아니, 상대적인 관점이겠지만, 저만치 빠져나가던 덩치의 움직임이 확연히 느려진다. 분명한 것은, 이 순간 그의 속도가 가히 압도적이라는 것이다. 철민은 한순간에 덩치를 따라잡는다. 덩치의 두 눈에 경악이 서린다. 철민은 그대로 덩치의 관자놀이에다 전력을 다한 한 방을 꽂아 넣는다. 덩치의 눈빛으로 경악에 더해 불가항력에 대한 좌절감이 생생하게 섞여든다. 그런데 다시 찰나의 순간이다.

찌르르~!

한 가닥 번갯불 같은 전율이 철민의 등골을 타고 뒷골로 솟구친다. 좀 전의 현기증 정도가 아니다. 마치 번갯불이 정수리를 관통한 듯하다. 온몸의 기혈이 사정없이 흐트러지고 만다. 뒤이어 뜨겁고 비릿한 무엇이 목구멍을 타고 확 치밀어 오른다.

"우~ 와!"

철민은 한 모금의 피를 토해내고 만다. 차라리 내부가 조금 진정되는 듯하다. 그는 흐트러진 기혈을 추스르기 위해 안간힘을 쓴다. 그때, 누군가 뭐라고 알아들을 수없는 외마디의 고함을 친다. 그리고 덩치가 바닥으로 몸을 던지다시피 엎드린다.

피~ 슝!

날카롭게 억제된 소음이 돌연히 터져 나왔다. 순간 철민은 오른쪽 허벅지에 화끈한 느낌을 받는다. 이어 몸이 소스라쳐 튕겨 오를 만큼의 극렬한 충격이 뒤따른다.

철민은 어금니를 악다물며 시선을 든다. 대여섯 걸음 앞쪽에서 사내 하나가 천천히 걸음을 옮겨오고 있다. 끝까지 움직이지 않고 있던 자다. 한쪽 눈을 가릴 듯이 찰랑거리는 머리, 그리고 왼쪽 귓불에 검은 별 형태의 피어싱을 한 사내는 길쭉한 물건 하나를 들고 있다. 권총이다. 소음기가 장착된!

좀 전의 덩치가 권총을 든 사내의 곁으로 가서 선다.

철민은 힘겹게 몸을 바로 세우고, 앞으로 한 걸음을 내디딘다. 순간 그는 극한의 통증에 입을 딱 벌리고 만다.

'크으… 윽!'

오른쪽 허벅지의 근육과 뼈가 갈가리 찢기고 산산이 부서지는 듯하다. 소스라치며 삐져나오려는 비명은 겨우 도로 삼켰지만, 철민의 온몸은 대번에 식은땀으로 축축이 젖고 만다. 그러나 그는 다시금 어금니를 악다문다. 이대로 멈출 수는 없다. 이대로 멈춘다는 것은 황유나를 포기한다는 의미다. 그는 온 정신과 기력을 다해 다시 한 걸음을 내디딘다.

담담히 지켜보고 있던 권총의 사내가 곁의 덩치에게 가볍게 눈짓한다.

덩치가 철민을 향해 성큼 마주 걸어 나온다.

철민은 치열하게 집중한다.

'덩치를 한 방에 처리하고, 곧바로 권총을 가진 놈에게로 돌진한다!'

결과는 생각하지 않기로 한다. 마지막까지 그는 최선을 다하기로 한다. 그 마지막이 죽음이라고 할지라도!

덩치는 철민과 네 걸음쯤의 거리에서 멈춰 선다. 그리고 철민을 향해 미미하게 고개를 흔든다.

경고, 아니면 저항을 포기하라는 충고일까?

철민은 전신에 남은 마지막 한 점의 힘까지도 응축시킨다. 그리고 그가 이윽고 최고조로 응축된 힘을 폭발시키려는 찰나,

피~ 슝!

다시 한 발의 총성이 터져 나왔다.

철민은 그대로 얼어붙고 만다. 권총의 사내가 총구를 황유나의 머리에 대고 있다.

권총의 사내가 무심한 빛으로 철민을 바라보면서 무어라고 나직이 말을 뱉는다.

덩치가 곧바로 그 말을 받아 옮긴다.

"무릎을 꿇어라! 셋을 셀 때까지 꿇지 않으면, 방아쇠를 당긴다! 하나! 둘……!"

순간 철민은 그대로 바닥으로 허물어져 내렸다.

쿵!

철민의 양쪽 무릎이 시멘트 바닥을 찧는다. 더 이상 그가 시도해 볼 수 있는 일은 없다. 입구에서 그에게 당했던 스포츠머리의 사내 하나가 재빨리 달려와서는 그의 두 손을 등 뒤로 돌리고 테이프로 단단히 결박한다.

덩치가 철민의 곁으로 다가온다. 그리고 나직이 뱉는다.

"오랜만이군! 우리, 그때 안산에서 봤었지?"

제5장
미안하다

미안해! 정말 미안해! 날 용서해 줘!

　한차례 무차별적인 폭력이 지나갔다. 철민은 피투성이로 화한 채 바닥에 널브러져 있다. 그의 입과 코, 그리고 오른쪽 허벅지의 총상 부위에서 계속 흘러내리는 피가 바닥까지 흥건하게 적시고 있다.

　"이 새끼… 은근히 독종이네?"

　오종수는 흐트러진 숨으로 거칠게 재킷을 벗어젖혔다. 김철민을 고문하는 것은 그가 자원한 일이다. 권총까지 선보인 저들의 살벌함에, 그렇게라도 우선 생색을 내야 할 필요성이 더욱 절실해졌다. 그런데 김철민은 인질을 먼저 풀어주지 않으면 죽어도 물건의 소재를 말하지 않겠다고 끝내 버티고 있는 중이었다.

철민은 힘겹게 머리를 흔들었다. 의식이 자꾸만 흐려지고 있다. 방금 가해진 폭행 이전에, 무리하게 슬비를 펼친 데 따른 극심한 부작용이 그의 내부를 무언가 심각한 상태로 몰아가고 있는 중이었다. 그러나 버텨야 한다. 그는 지금 온 의지를 다해 마지막으로, 정말 마지막으로 남은 한 가닥 희박한 희망의 끈을 붙잡고 있는 중이다. 시거다! 다시는 하지 않으리라고 맹세했었던 그것! 그러나 가능할지에 대한 확신은 없다. 아아! 그러나 가능해야만 한다. 그는 기도한다. 간절히! 정말 간절히! 그의 소중한 모든 것을 다 걸고!

오종수가 철민의 옆으로 한쪽 무릎을 꿇고 앉는다. 그리고 귓가에 대고 가만히 속삭인다.

"그만하고 불어라! 너 이러다 죽는다고, 새끼야?"

철민은 눈을 감는 것으로 거부를 표한다.

"이 새끼가 진짜?"

오종수가 무릎을 세우고 일어서며 주머니 속의 잭나이프를 꺼내 든다. 원하지 않는 상황이긴 하지만, 이쯤 되면 제대로 잔인해져야 한다.

그런데 그때다.

"잠깐! 우리 방주께서 몇 마디 묻겠다고 하십니다!"

드럼통 사내였다.

'방주?'

낯선 호칭에 오종수는 고개를 갸웃한다. 그러나 군말 없이 한쪽 옆으로 물러난다.

상문수보는 잠시 무심한 눈길로 철민을 내려다보고 있다가 천천히 입을 연다. 중국어다. 그의 말을 중호가 차분하게 옮긴다.

"물건이 있는 곳을 말해라! 물건을 확인하는 즉시 인질들을 풀어주겠다!"

철민은 힘겹게 고개를 가로저으며 목소리를 짜낸다.

"먼저 인질들을 풀어주시오! 그럼 물건이 있는 곳을 말하겠소!"

상문수보가 차갑게 웃으며 받는다.

"놈! 착각하지 마라! 난 너와 협상을 하려는 게 아니라, 명령을 하고 있는 것이다! 내 명령에 따르지 않겠다면, 우선 인질 둘 중 하나를 죽이겠다. 그러고 나서 다시 시작해 보도록 하지!"

이어 상문수보는 권총의 총구를 서범준의 머리 쪽으로 겨눈다.

시종 머리를 무릎 사이에 처박고 있으면서도, 문득 총구를 느꼈는지 서범준의 몸이 부르르 떨린다.

황유나의 두 눈이 부릅떠진다. 그리고 다급하게 도리질을 친다.

무심한 눈빛으로 상문수보가 다시 잇는다.

"이놈 다음에는 여자를 죽일 것이다. 어차피 볼일은 너한테 있는 거니까!"

철민은 힘겹게 고개를 틀어 황유나를 본다. 그녀의 눈빛이 파르르 떨리고 있다. 그녀의 눈빛에 담긴 극도의 공포와 간절한 애원이 고스란히 그에게로 전해온다.

"정말 약속하겠소? 물건을 넘겨주면 저 두 사람 풀어준다고?"

철민의 그 말에 상문수보의 입꼬리에 희미한 웃음기가 매달린다.

"물론!"

중호가 짧게 옮겼다.

"낙원상가 관리사무소 대표실!"

장소를 말하면서 철민은 기도했다. 사무실에 제발 아무도 없기를!

"도로가 막힐 시간이라 거기까지 가는 데만 최소 한 시간은 잡아야 할 것 같습니다."

밴으로 가서 내비게이션을 찍어보고 온 유 대리가 중호를 통해 상문수보에게 보고했다.

"거기서 곧장 인천으로 나가는 데는?"

상문수보의 물음에 대해 유 대리가 잠깐 가늠을 해보고 나서 대답한다.

"거기서 다시 시내를 되돌아 나가야 하니까, 아무래도……."

유 대리가 말을 맺지 않았지만, 그 느낌만으로도 대강의 의미를 알아들었다는 듯 상문수보가 중호에게 뭐라고 짧게 지시한다.

중호가 곧장 방기열에게로 다가간다. 그리고 바닥에 주저앉아 있는 방기열의 목덜미와 등을 잠시간 바쁘게 두드리고 주무른다. 그러자 그동안 방전된 듯한 모습이 마치 엄살이었던 듯, 방기열이 주춤거리며 몸을 일으켜 세운다. 다만 방기열의 얼굴에는 여전히 두려워하는 기색이 가득했다.

"모두 차에 타시오!"

중호가 주변을 돌아보며 나직이 외쳤다.

"전부 다 말이오?"

오종수가 짐짓 영문을 모르겠다는 듯이 반문했다.

중호가 표정을 굳히며 차갑게 대답한다.

"당신과 당신 부하들 셋! 그리고 김철민!"

오종수의 표정이 설핏 굳어진다. 그러나 감히 이의를 달지는 못한다.

그때였다.

밖에서 사이렌이 울린다. 소리는 처음에 조금 먼 곳에서 들리는 듯하더니, 빠르게 가까워진다. 그리고 이윽고는 바로 바깥인 것처럼 크고 생생하게 들린다.

중호의 눈짓을 받은 방기열의 부하 하나가 재빨리 밖으로 뛰어 나간다. 그러고는 이내 다시 달려 들어오며 급하게 보고한다.

"경찰입니다. 순찰차 두 대가 와 있습니다."

중호와 상문수보는 설핏 당황하는 모습이다.

그러자 오종수가 재빨리 나서며 방기열의 부하 둘을 향해 급하게 지시한다.

"너희들 둘은 입구를 막아! 그리고 무슨 핑계를 대서라도 최대한 시간을 끌어! 빨리 가!"

방기열의 부하 둘이 즉시 입구 쪽으로 달려가자, 오종수는 이어 중호를 향해,

"자! 우리는 주변 정리를 좀 합시다!"

하고 서두르고는, 다시 어정쩡하게 서 있는 방기열을 향해 다그친다.

"야, 이 새끼야! 뭐 하고 서 있어! 빨리빨리 움직이지 않고?"

철민의 입과 온몸에 칭칭 테이프가 감겼다. 황유나와 서범준의 몸과 입에도 몇 겹의 테이프가 더 감겼다. 그리고 그들 셋은·공간 안쪽의 깊숙한 구석으로 급하게 옮겨졌다.

그런 와중에 철민과 황유나의 시선이 잠시 마주쳤다.

'미안해! 정말 미안해! 날 용서해 줘!'

황유나의 젖은 눈빛이 절절하게 호소했다.

철민은 차마 그녀를 계속 바라보지 못하고 시선을 비키고 만다.

그들 셋은 벽 쪽에 쌓여져 있는 커다란 나무 박스 안에 한 사람씩 따로 짐짝처럼 쑤셔 박힌다. 그리고 박스의 뚜껑이 닫힌 후 그 위로 주변의 잡동사니들이 되는대로 올려졌다.

안 돼! 눈 떠, 인마!

철민은 박스의 바닥에 닿은 등과 어깨가 질펀하게 젖는다는 느낌을 받는다. 차가운 느낌인 걸로 봐서는 그의 다리에서 흘러나온 피 때문은 아닌 것 같다.

답답하게 갇힌 공간의 어둠 속에서 희미한 윤곽으로만 보이는 무언가가 맞은편에 있다. 아마도 그 정체 모를 물건에서 흘러나온 물기인 모양이다.

뽕짝 소리가 시끄럽게 들려온다. 놈들이 일부러 카세트라도 크게 틀어놓은 모양이다. 그런 와중에 말소리가 언뜻언뜻 들렸지만, 역시 뽕짝 소리 때문에 불분명하다.

철민은 경찰이 지하 주차장 안으로 들어온 것이라고 판단했다. 사이렌을 들은 것도 있거니와, 그가 112로 신고를 한 지 한참이나 지났으니, 이제쯤이면 경찰이 출동하고도 남았을 시간이다.

순간 철민은 온 힘을 다해 발버둥을 친다. 테이프로 단단히 막혀 있지만, 나오는 대로 소리도 지른다. 어떻게라도 경찰에 알리고자 하는 몸부림이다. 그러나 자꾸만 흐려지는 의식을 붙잡고 있는 것만으로도 힘에 겨운 형편이다. 몸부림이라고 해봐야, 기껏 꿈틀거림에 지나지 않는다. 그는 이윽고 포기한다.

철민은 가만히 무릎에다 머리를 묻었다. 모든 정신과 의지를 집중해서 누구에게도 방해받지 않는, 오로지 그 혼자만의 세계로 들어가야만 한다. 마지막으로 남겨둔 한 가닥 희박한 희망의 끈을 당기기 위해서다.

'아아! 안 된다!'

아무리 치열하게 집중을 해봐도 시거의 첫 단계에조차도 진입할 수가 없다. 몇 번을 시도해 봐도 마찬가지다. 도무지 되지를 않는다.

철민은 스스로의 맹세를 원망했다. 그때 '돈의 맛'에 빠져 하루라도 시거로 돈을 끌지 않으면 다른 것에서는 도저히 살아갈 의미를 찾을 수 없었고, 이윽고 폐인의 몰골이 되어 이러다 정말 죽고 말겠다는 경각심이 퍼뜩 엄습해 들었을 때, 이제 다시는 안 하겠다고 엄마를 걸고 했던 맹세! 그 맹세 때문인 것만 같았다.

마지막 한 가닥의 희망까지도 날아가 버렸다. 철민은 극도의 허탈감에 망연히 넋을 놓아버린다.

그때였다. 맞은편의 그 정체 모를 물건이 문득 꿈틀하고 아주 미미하게나마 움직인 듯하다. 그러고 보니 처음에 희미한 윤곽으로만 보이던 그것의 형체는, 이제 한결 뚜렷하게 보이고 있다. 어둠에 익숙해진 것이리라.

그것이 다시 한 번 꿈틀 움직인다.

'사람?'

철민은 흠칫 짐작해 보았다. 그리고 뒤이어 전율처럼 스치는 생각.

'혹시?'

철민은 온 신경을 그것에다 집중했다. 그때 박스 어딘가의 작은 틈으로 한 가닥의 희미한 빛이 새어 들어왔다. 그 빛에 의지하여 철민은 확연히 알아볼 수 있었다. 그것은 바로 짱이었다.

"으~ 으~ 으~ 으!"

철민은 온 힘을 다해 부르짖었다. 그러나 기껏 작은 콧소리로 웅웅거릴 뿐이다.

그런데 문득 느꼈던지, 짱이 힘겹게 눈을 뜨고 있다. 그리고 한참을 힘없이 응시하고 나서야 철민을 알아본 모양인지 짱의 동공에 문득 한 가닥의 생기가 돈다.

걷잡을 수 없이 눈물이 솟구친다. 그러나 철민은 힘주어 부릅뜬 눈으로 짱의 두 눈을 바라본다.

짱도 온 힘을 다해 철민을 바라본다. 짱의 입술이 애처롭도록 힘겹게 달싹거린다.

그저 미미한 떨림에 불과하지만, 아무 소리도 내지 못하지만 철민은 읽을 수 있다.

'니가 왜 여길 와? 기다리라고 했잖아, 인마!'

짱은 그렇게 책망하고 있었다.

'미안하다. 정말 미안하다. 내가 널 이렇게 만들고 말았구나!'

철민은 절규하는 심정으로 용서를 빌었다.

짱의 눈빛에 문득 희미한 웃음기가 감돈다.

'야! 완빤치! 우리 친구 맞나?'

짱이 그렇게 묻고 있었다.

'그걸 말이라고 묻냐?'

'대답부터 해라, 인마!'

'그래, 우리 친구 맞지!'

'고맙다!'

짱은 이윽고 힘이 다한 듯 파르르 두 눈을 감는다.

'안 돼! 눈 떠, 인마!'

철민은 간절하게 염원했다.

그러나 짱은 다시 눈을 뜨지 못한다. 다만 입가에 희미한, 아주 희미한 미소 한 가닥을 힘없이 드리워 놓았을 뿐이다.

살아 나갈 구멍

경찰들이 철수하고 난 다음, 황유나와 서범준, 그리고 철민은 밴의 두 번째부터 네 번째 좌석에 각각 태워져 짐짝처럼 구석 자리에 처박혔다.

다만 상문수보의 방침은 바뀌었다.

"부하들에게 지시하시오! 지금부터 최단시간 내에 물건을 확보해서, 우리가 이동하는 곳으로 가져오라고!"

중호가 오종수에게 말했다.

"우리한테 맡겨도 되겠소?"

오종수가 슬쩍 튕겨 보았다.

"당신은 우리와 함께 간다!"

중호가 차갑게 대답했다. 그리고 그는 다시 한 가닥 희미한 웃음기를 떠올리며 느릿하게 물었다.

"당신 부하들은 믿을 만한가? 당신의 목숨을 맡길 만큼?"

그 말에 오종수는 등골이 서늘해지고 말았다.

밴은 가속을 붙여 달리고 있다.

오종수는 짙게 선팅이 된 창밖으로 빠르게 지나가는 풍경을 무심하게 바라보고 있다.

그러나 그의 직감은 계속해서 급박한 위험을 경고하고 있는 중이다.

'일단 물건을 손에 넣고 나면, 놈들은 나한테까지도 무슨 짓을 할지 모른다. 그런 이상, 이대로 무작정 놈들에게 끌려갈 수만은 없다. 뭔가 살아날 구멍을 마련해야만 한다.'

오종수는 잠을 청하는 것처럼 재킷 주머니 속으로 두 손을 찔러 넣고 어깨를 움츠리며 고개를 숙인다. 왼손에 휴대폰이 닿는다. 그는 가만히 더듬어 버튼을 누른다.

부르르!

한 줄기의 진동이 휴대폰의 전원이 켜졌음을 알려왔다. 서범준의 휴대폰이다.

소위 재벌이라는 곳에서 마음만 먹으면, 오히려 경찰보다 훨씬 빠르고 집중적인 파워를 낼 수 있다는 걸 그는 알고 있다.

즉, 그가 주는 이 작은 단서만으로도, 시간의 문제일 뿐, 결국은 추적해 올 것이다.

그럼으로써 그에게도 살아 나갈 구멍 하나가 마련되는 셈이다.

*　　　*　　　*

장기혁 상무는 점점 초조해지고 있었다.

가용 인력을 총동원하여 목표로 하는 영역의 3분의 2 이상을 샅샅이 훑고 있는 중이었지만, 아직까지 특기할 만한 사항은 보고되지 않고 있었다.

만약 좋지 않은 결과가 나오면, 그가 책임을 져야만 하리라.

진성그룹과의 인연을 접는 것이야 감수하면 그만이었다.

두려운 건, 그가 이때까지 쌓아 온 경력과 자부심이 한순간에 무너지고 말리란 점이었다.

그는 문득 쓰게 웃고 말았다. 이쪽 분야의 일이란 게, 원래 그런 것이 아니던가? 사실은 그 역시 늘 그런 순간을 각오하며 살아오지 않았던가?

그때였다. 그의 휴대폰이 울렸다. 통제 본부다.

"무슨 일이야?"

—팀장님! 서 전무의 휴대폰이 다시 켜졌습니다.

미안하다 67

"뭐? 위치는 잡았어?"

―현재 이동 중인데, 아마도 인천 쪽으로 향하고 있는 것 같습니다.

장 상무는 순간의 혼란에 빠져들었다. 그러나 빠른 결단이 필요했다. 그리고 이럴 때는, 이성보다는 직감을 따르는 편이 보다 확률이 높다는 걸 그는 경험으로 알고 있다. 그는 즉시 무전기의 마이크를 잡았다.

"델타조! 델타조! 임무를 새로 하달한다! 델타조 전원은 지금 즉시 지휘 차량을 따른다! 이상!"

기동력을 요구하는 신속 작전에서는 다수보다는 소수 정예가 훨씬 효과적일 때가 많다.

열 명의 베테랑 요원으로 이루어진 델타조는 바로 그런 목적으로 구성된 조직이었다.

직감

낙원상가 내 식당에서 간단히 저녁을 해결한 육 소장은 다시 관리사무소로 향했다. 퇴근을 했지만, 상가를 벗어나기 전에 최종적으로 한 번 더 관리사무소 주변을 순찰하는 것은 이제 그의 습관이 되어버렸다. 혹은 상가에 대해 가지게 된 애착 때문일 수도 있었다.

관리사무소에 도착한 육 소장은 크게 놀랐다. 출입문의 손잡이가 부서져 있다.

'도둑?'

급하게 문을 박차고 들어간 육 소장은 전원 스위치부터 켰다. 사무실은 퇴근 전의 정리된 모습 그대로다.

육 소장의 눈이 대표실로 향한다. 역시 대표실로 들어가는 출입문의 손잡이가 부서져 있다. 바로 옆 벽에 열쇠가 걸려 있지만, 그것이야 직원들만 아는 사실이었고, 외부 침입자가 알 리는 없다.

캐비닛의 문이 활짝 열려 있다. 철민이 새로 달아놓은 자물쇠와 걸쇠가 뜯겨진 채로 바닥에 아무렇게나 버려져 있다.

육 소장은 곧바로 경찰에 신고를 하려다가, 우선은 한상운에게 먼저 전화를 걸었다. 한상운은 이제 대표로부터, 또 관리사무소의 모두로부터 폭넓은 신뢰를 받고 있었고, 거의 모든 실무가 사실상 그를 거쳐 이루어지고 있는 까닭이다.

한상운은 한걸음에 달려 나왔다.

그사이 육 소장이 사무실을 꼼꼼히 살펴본 결과, 딱히 분실된 것은 없는 것 같았다. 심지어 약간의 현금이 든 철제 금고도 건드린 것 같지 않았다. 다만 자물쇠와 걸쇠가 뜯겨져 나간 대표실의 캐비닛 안에 혹시 무슨 귀중품이라도 들어 있지 않았나 하고, 육 소장은 걱정을 했다.

한상운이 철민에게 전화를 걸었지만 연결이 되지 않는다.

전화를 안 받는 것이 아니라, 아예 전원이 꺼져 있어서 한상운은 불현듯이 불길한 생각이 들었다.

'뭔 일이 있나?'

보통 때 같았으면 그럴 수도 있는 일이라고 쉽게 넘어갈 수도 있었지만, 마침 이런 상황이 겹치고 보니, 불안한 생각이 스쳐 지나간다.

한상운은 그런 직감을 가볍게 넘길 수가 없어서 곧바로 박 소장에게 전화를 했다.

—무슨 일인가?

박 소장이 사무적인 투로 받았다.

한상운은 현재의 상황을 간단히 요약해서 말하고, 뭔가 좀 꺼림칙하니 철민의 현재 위치를 확인해 봤으면 좋겠다고 건의했다.

철민의 휴대폰전원이 꺼졌더라도 그 위치를 확인할 수 있는 특별한 방법이 박 소장에게 있다는 걸 한상운은 알고 있었다.

박 소장은 한상운이 느끼는 불안에 대해 대수롭지 않게 여겼거니와, 더욱이 그가 가진 특별한 방법이 함부로 유용되는 것을 크게 경계하는 입장이었다.

그러나 한상운이 거듭 건의했고, 결국 그도 받아들이지 않

을 수 없었다. 한상운이나 그 같은 종류의 사람들이 가지는
직감이 때로는, 소름 끼치도록 정확히 들어맞는다는 것을 그
역시도 경험상으로 알고 있기 때문이다.

제6장

죽음 속으로

빚을 계산하는 일이 우선이다

"김철민! 눈 떠라!"

누군가 거칠게 흔들어 깨웠고, 철민은 겨우 정신을 차렸다. 그렇더라도 몽롱하기만 하다. 전신의 힘이 모조리 빠져나가 버린 듯 고개를 가누는 것조차 힘겹다. 겨우 시선의 초점을 맞추자 무거운 현기증이 층층이 일어난다.

철민은 가만히 숨을 골랐다. 그제야 겨우 눈앞이 트이면서 주변의 광경들이 들어온다. 상당히 넓은 실내였다. 높다란 천장의 어디쯤에서 몇 가닥의 희미한 빛이 새어 들어와 먼지 섞인 뿌연 기둥을 만들고 있다. 조금 떨어진 곳에 의자 두 개가 놓여 있고, 각각 사람이 묶여 있다.

철민은 좀 더 눈에 힘을 준다. 그리고 나서야 의자에 묶여 있는 둘 중 하나와 가까스로 시선을 맞출 수 있었다. 황유나다. 그녀는 입에 테이프가 붙여진 채 공포와 안타까움에 가득한 눈빛으로 그를 보고 있다.

드르륵! 드르륵!

바퀴 구르는 소리가 들리더니, 철민의 앞에 여행용 캐리어 세 개가 놓여졌다. 그 모양들이 익숙하다.

"비밀번호!"

저음의 목소리가 짧게 요구했다. 그의 등 뒤에서다.

그러고 보니 철민은 캐리어들의 비밀번호를 죄다 바꾸어 놓았었다.

"약… 속… 대로……!"

입을 열었지만 목구멍이 잔뜩 말라 터진 듯 목소리가 제대로 나오지 않는다. 철민은 억지로 마른침을 한번 삼키고 나서야 겨우 다시 소리를 만들어 낼 수 있었다.

"먼저… 두 사람을… 풀어주시오!"

잠시 틈을 두고 누군가 천천한 투로 말을 한다. 좀 전의 저음이 아닌 맑고 차가운 목소리다. 그러나 철민이 알아들을 수 없는 말이다. 중국어다. 그리고 다시 저음의 목소리가 말을 옮긴다.

"비밀번호가 굳이 필요하지는 않다. 그런 것 없이도 가방을 여는 방법은 얼마든지 있으니까! 물론 약속도 지켜질 것이다. 다만, 그 전에 네가 우리에게 진 빚을 계산하는 일이 우선이다."

철민으로선 무슨 뜻인지 선뜻 이해할 수 없는 말이었다. 그러나 추가적인 설명은 없었다.

픽!

철민의 등에 강한 충격이 작렬한다. 이어 내장이 파열되는 듯이 지독한 고통이 밀려온다.

"크어… 억!"

뒤늦게 비명을 뱉으며 철민의 몸이 새우처럼 말린다.

픽!

픽!

상문수보의 손짓이 이어진다. 그냥 무심하게 철민의 몸 여기저기를 툭툭 쳐대는 듯 가벼운 손짓이다. 그러나 손짓이 가해질 때마다 철민의 몸은 작살 맞은 물고기처럼 펄떡거린다. 철민은 비명도 지르지 못한다.

비명은 황유나가 대신 지르고 있다. 부릅뜬 두 눈으로! 틀어막힌 입에서 낼 수 있는 최대한의 소리로! 그리고 온몸을 비트는 발버둥으로! 그녀는 온몸으로 절규하고 있다.

철민은 피를 게워내고 있다. 진홍의 피에는 부글거리는 거품이 섞여 있다. 그의 허벅지 총상 부위에서도 뭉클거리며 피가 솟구치고 있다. 그 때문에 그의 주변은 이미 핏물로 흥건하다.

서범준은 차마 보지 못하고, 고개를 숙인 채로 부들부들 떨고 있다.

이윽고 황유나는 조용해졌다. 제 풀에 기절하고 만 모양이다.

이제 철민의 몸은 상문수보의 타격에도 그저 미미하게만 반응하고 있을 뿐이다.

이윽고 상문수보는 손속을 거두었다.

숨을 완전히 끊어놓지 않은 건, 마지막까지 고통을 느끼며 죽어기란 뜻에시다.

그것은 회(會)의 응징 방식이기도 하다.

그러나 한 번 일으킨 살기를 그는 아직 거두지 않는다.

그의 살의(殺意)는 처음부터 김철민에게만 국한시켜 두었던 것이 아니다.

먼저 오종수! 욕심이 크고 간교한 자로 등 뒤에 남겨두기는 불안한 자다.

그리고 유 대리! 그가 제거되어야 할 이유는, 상관수보 자신이 한 약속 때문이다.

인질들을 풀어주겠다고 한!

약속이란, 그 약속을 지켜본 목격자가 없는 이상, 굳이 지킬 필요가 없는 법이다.

타협

오종수는 설핏 서늘한 느낌을 받고 흠칫 옆을 돌아보았다. 방주였다. 방주가 무심한 시선으로 그를 바라보고 있다. 순간 그는 본능적으로 직감할 수 있었다. 방금 그 서늘함의 실체가 바로 살기였다는 것을!

'놈은 이제 나까지 죽이려 하고 있다!'

머리털이 삐쭉 곤두선다. 그러나 오종수는 침착해지려고 무진 애를 쓴다.

'지금쯤이면 뭔가 일이 벌어질 때가 됐는데……!'

오종수는 그들이 너무 늦지 않기를 기원하며 주머니 속의 잭나이프를 슬쩍 느껴본다. 그 혼자의 힘으로 방주를, 더욱이 중호까지를 어떻게 해볼 수 없다는 건 분명하다. 그러나 죽을 때 죽더라도 곱게 죽어 줄 수는 없다.

'개새끼들! 사람 너무 쉽게 봤다! 이 오종수가 그렇게 만만한 사람은 아니다, 새끼들아!'

그때였다. 입구 쪽에서 바깥의 상황을 살피고 있던 유 대리가 황급히 달려왔다.

"차량 두 대가 접근하고 있습니다."

"경찰인가?"

중호가 급하게 물었다.

그러나 유 대리는 당황한 기색이 역력한 표정으로 고개를 가로저었다.

"모르겠습니다."

중호가 상관수보를 돌아본다.

상문수보가 가볍게 고개를 끄덕인다.

중호는 성큼성큼 앞으로 걸어 나간다. 그리고 10여 미터쯤 나아간 지점에서 우뚝 버티고 선다.

그때 상문수보는 오히려 뒤로 물러선다. 인질들의 바로 옆을 지켜서는 위치다. 이어 그는 다시 손짓으로 오종수와 유 대리를 자신과 인질들의 앞쪽으로 나란히 서게 했다.

앞쪽의 커다란 창고로 접근했던 델타조원 하나가 수신호로 상황을 보고해 왔다.

'납치범 넷! 인질 둘! 인질 상태 양호!'

장기혁 상무는 가만히 안도의 숨을 내쉰다. 우선 인질들이 안전하다는 데 대해! 그리고 납치범들의 숫자가 넷에 불과하다는 데 대해!

장 상무는 즉각 작전을 결정했다. 어차피 납치범들의 체포는 그의 목표가 아니다. 그가 목표로 하는 것은 오로지 인질들의 안전이다. 물론 그중에서도 절대 목표는 서범준의 안전이다.

"너희 셋은 선봉조! 그리고 나머지 일곱은 지원조!"

장 상무는 신속하게 델타조원들에게 임무를 부여했다.

"선봉조는 나와 함께 창고 안으로 들어간다. 일단 협상을 시도하는 형태로 접근하다가, 기회를 잡는 대로 즉시 진압에 들어간다. 지원조는 밖에서 대기하다가 상황이 발생하는 즉시 진입하여 놈들을 타격한다! 질문 있나?"

"없습니다!"

요원들의 긴장된 대답을 들으면서 장 상무는 품속으로 손을 넣었다. 상의 안주머니에 들어 있는 놈의 차갑고도 묵직한 느낌이 손끝에 전해진다. 콜트 45구경이다. 대통령 경호실 시절 그가 개인적으로 수집한 놈이다. 언젠가 있을지 모를 만약의 경우를 대비해서였다. 그리고 지금이야말로 바로 그 만약의 경우였다.

델타조원 하나가 창고의 문을 반쯤 열어젖혔다.

장 상무는 침착하게 내부의 상황을 살핀다. 입구에서 20여 미터쯤 되는 지점에 우람한 덩치의 사내 하나가 버티고 서 있다. 그자로부터 다시 15미터쯤 후방에 사내 둘이 있고, 인질들은 두 사내의 바로 뒤 의자에 묶인 채 앉아 있다. 서범준과 황유나다. 그리고 서범준의 왼쪽 옆, 또 다른 사내 하나가 서범준의 어깨를 가볍게 짚은 채 서 있다.

장 상무는 천천히 창고 안으로 걸어 들어갔다. 그의 뒤를 델타조원 세 명이 보조를 맞추며 따른다. 삼단봉과 테이저 건 등의 진압 장비는 요원들의 재킷 안으로 숨겨져 밖으로 드러나지 않는다.

"멈춰!"

중호의 나직한 경고에 장 상무는 즉시 멈춰 섰다.

"경찰인가?"

중호의 물음에 장 상무가 차분히 대답한다.

"아니요! 우리는 진성그룹 비서실 소속이고, 나는 장기혁 상무요!"

중호가 뒤쪽의 상문수보를 돌아보며 중국어로 통역한다.

장 상무는 설핏 의아했으나, 차분히 기다렸다가 다시 잇는다.

"인질들의 석방을 위한 당신들의 요구 조건이 무엇인지 말해 주시오!"

중호가 다시 뒤를 돌아보며 통역을 할 때였다.

장 상무의 눈짓을 받은 델타조원 셋이 일시에 앞으로 쇄도해 나갔다. 그들 셋은 재킷 안쪽에서 꺼낸 삼단봉을 휘두르며 곧장 중호를 덮쳐 간다. 동시이다시피 바깥에 대기하고 있던 델타조장 외 여섯이 안으로 진입해 들어온다.

장 상무는 작전 상황에 차질이 없음을 확인하면서 품속의 권총을 꺼내 든다. 그리고 인질들 근처의 사내들을 향해 겨누며 크게 외친다.

"모두 꼼짝 마라! 움직이면 쏜다!"

그런데 그때였다.

"우와아~ 앗!"

창고 안을 쩌렁하니 울리는 괴성이 터져 나왔다. 그리고 선봉으로 돌격했던 델타조원 셋이 동시이다시피 튕겨져 나가고 있었다. 각종 무술의 고단자인 그들이 혼자인 상대를 단숨에 제압하기는커녕, 오히려 일시에 격퇴를 당하고 만 것이다. 장 상무가 미처 예상하지 못했던 상황이다.

그러나 요원 셋은 크게 충격을 받은 것 같지는 않았고, 마침 당도한 지원조 중 셋과 함께 다시 중호를 덮쳐간다. 그러는 사이 지원조의 나머지 넷은 곧장 인질들이 있는 쪽을 향해 질주해 간다. 장 상무도 그들의 뒤를 따라 뛰며 외친다.

"모두 바닥에 엎드려! 불응하면 쏜다!"

그런데 다시 그때였다.

피~ 슝!

잔뜩 응축된 한 발의 총성이 터져 나왔다.

장 상무는 그것이 소음기가 장착된 권총이 발사되면서 내는 소리라는 것을 반사적으로 인지한다. 다음 순간 그는 즉각 몸을 숙여 응사 자세를 취한다. 그리고 뒷걸음으로 신속하게 후퇴한다. 함께 쇄도해 들어가던 지원조의 넷 또한 급박하게 뒤로 물러난다.

장 상무는 재빨리 중호에게로 다가서며 권총을 겨눈다.

"꼼짝 마!"

중호를 중심으로 격렬하게 벌어지던 격투는 진즉에 멈춰 있다. 열 명의 델타조원이 즉시 장 상무의 측면과 후방으로 펼쳐 선다.

장 상무의 권총이 다시 중호의 머리를 조준한다.

"두 손 머리 위로 올려!"

중호가 싱긋 웃음기를 떠올린다. 그리곤 느긋하게 두 손을 머리 위로 들어 올린다.

그리고 사방에는 일시의 정적이 찾아온다.

"쏘지 마시오! 쏘지 마!"

떨리는 외침으로 정적을 깬 건 오종수였다. 그가 두 손을 번쩍 들며 다시 외친다.

"장 상무님! 접니다! 오종수입니다! 종수파의 오종수입니다!"

'장 상무와는 이전에 몇 번 거래를 한 적이 있다. 장 상무는 신뢰가 있는 사람이다. 그러니 협상을 통해 서로 적당한 선에서 타협을 해보자!'

오종수는 상문수보를 설득했다. 중호가 그의 말을 권총이 머리에 겨누어진 채 덤덤하게 통역을 했다.

상문수보로서도 결단을 내려야만 했다. 무엇보다도 더 이상 시간을 끌 수는 없었다. 진성그룹 측에서 대거 몰려왔으니, 이제 곧 경찰도 들이닥칠 공산이 크다고 봐야만 한다. 그렇게 되면 정말로 빠져나갈 퇴로가 없는 상황에 처하고 말 것이다. 물건을 확보했고, 당주의 죽음에 대한 응징 또한 한 셈이다. 그렇다면 이쯤에서 적당히 타협하여 위기를 모면할 수 있다면 최선의 선택이 될 것이다.

상문수보는 일단 황유나를 먼저 넘기고, 서범준은 자신들이 가까운 목적지로 이동한 후에 넘겨주겠다고 했다.

그러나 장 상무는 즉각 거부했다. 그의 절대적인 목표는 서범준의 안전이었다.

양측의 대치가 험악한 분위기로 급반전되려 할 때, 극적으로 타협을 이끌어낸 것은 바로 서범준이었다. 장 상무와 경호팀이 등장한 순간부터 그는 본래의 명석함과 냉철함, 그리고 자존심까지 되돌려 놓고 있었다. 서범준은 기꺼이 자신이 인질이 되겠다고 자청했다.

덕분에 황유나는 무사히 장 상무 측으로 넘겨졌다. 그때 그녀는 의식을 잃고 있는 상태였다.

상문수보는 서범준의 결박을 풀어주었다. 그리고 바닥에 널브러져 있는 철민을 업으라고 명령했다.

서범준이 오종수의 도움을 받아 철민을 업었다. 그런데 축 늘어진 몸과 등을 흥건하게 적셔드는 피로 인해 마치 해체되다 만 시체를 업는 듯한 느낌이 들었다.

상문수보는 장 상무와 델타조 전원을 100미터 밖으로 물러나도록 했다. 그런 다음 서범준과 밀착한 채로 창고를 나섰고, 그 뒤를 중호와 오종수, 그리고 유 대리가 각각 대형 캐리어 하나씩을 끌며 따랐다.

다시 그 뒤를, 장 상무와 델타조가 100미터의 거리를 유지한 채 조심스럽게 따랐다.

죽음 속으로

밖은 이미 완전한 밤이었다. 그나마 해안을 따라 난 시멘트 포장도로에는 50미터쯤 간격을 두고 가로등이 켜져 있기라도 했지만, 달빛조차 없는 바다는 그야말로 암흑이어서, 가로등 불빛의 범위를 벗어나면서부터는 수면이 일렁일 때 생기는 하얀 포말만 겨우 구분이 될 정도였다.

창고에서 나와 300미터쯤 걷자 이윽고 시멘트 포장도로가 끝나가고 있다. 그리고 바로 앞쪽 바다 위에 무언가 커다란 물체 하나가 어둠보다도 더욱 시커먼 형체로 떠 있다. 자세히 보니 제법 커다란 바지선이다.

중호가 휴대폰을 꺼내 어디론가 전화를 걸었다. 그러자 바지선 바로 너머의 바다 위에서 한 가닥의 불빛이 반짝하고 밝혀졌다가 사라졌다. 그러나 그 잠깐의 밝음만으로도 바지선의 전체 형상과 바지선에 붙어서 정박해 있는 작은 배 한 척을 볼 수 있었다. 불빛은 바로 그 작은 배에서 나타났다 사라진 것이었다. 그리고 돌연,

부르릉!

하고 사뭇 육중한 엔진 시동 소리가 울려 나왔다. 이내 규칙적인 소리로 잦아드는 그 소리는 마치 어서 빨리 서두르라고 재촉을 하는 듯했다.

중호가 작은 손전등으로 바지선 쪽을 비추자, 바지선과 위태롭게 연결되어 있는 좁다란 다리 하나가 보인다. 구멍이 숭

숭 뚫린 철판으로 덮인 다리였다.

오종수는 상문수보가 잠깐 망설이고 있는 듯한 느낌이 들어 그가 지금 인질을—혹은 유 대리와 그를 포함해서—어디까지 데리고 갈 것인가에 대해 갈등하고 있는 것 같았다.

"더 이상 인질을 데리고 간다면 저쪽에서 문제를 일으킬 수도 있으니 이쯤에서 그만 풀어주는 게 좋지 않겠소? 뒤는 내가 책임지겠소. 저쪽에서도 이런 일이 밖으로 알려지는 건 바라지 않을 테니, 나중에라도 문제가 될 일은 없을 것이오."

오종수가 조심스럽게 말했다.

중호를 통해 전해 들은 상문수보의 눈빛이 일순 차갑게 번뜩였다. 그러나 사실은 상문수보로서도 수긍할 수밖에 없는 얘기이기도 하다. 적어도 공해(公海) 상으로 나갈 때까지는 문제가 없어야 한다.

상문수보의 눈짓을 받은 중호가 세 개의 캐리어를 나란히 붙이고는 주머니에서 테이프를 꺼낸다. 그리고 캐리어 세 개를 몇 겹으로 칭칭 동여매서는 한 묶음으로 만들었다. 이어그 묶음을 한 번에 들어 올려 가슴에 안는데, 칠팔십 킬로그램은 족히 될 터인데도 별로 힘을 쓰는 것 같지가 않았다.

캐리어들을 들고 바지선으로 건너갔다가 온 중호가 이번에는 서범준의 등에 업힌 철민을 받아서 안았다. 그러고는 다시바지선으로 향하려는 것을 서범준이 멈칫거리며 물었다.

"그 사람은 왜……?"

"죽고 싶나?"

돌아온 대답은 짧고도 섬뜩했다. 서범준은 감히 중호의 시선을 마주보지 못하고 고개를 떨구고 말았다.

중호가 철민을 안고 바지선으로 건너간 사이, 상문수보는 권총을 꺼내 들며 턱짓으로 시멘트 포장도로 끝에 선 마지막 가로등을 가리켰다. 그리로 이동하라는 뜻일 것이다. 오종수와 유 대리, 그리고 서범준이 주춤주춤 가로등 아래로 가서 선다. 그리고 잠시 후 돌아온 중호가 세 사람을 가로등 기둥에 바짝 붙여 서게 하더니 테이프로 칭칭 감아 한데 묶어버렸다.

그제야 오종수는 상문수보의 의중을 짐작할 것 같았다. 표적으로 삼으려는 것이리라. 캄캄한 밤중 환한 불빛 아래다 묶어 놓았으니 아주 훌륭한 표적을 세워놓은 셈이다. 배를 타고 멀어지는 동안까지도 계속 인질로 붙잡고 있겠다는 뜻이다. 참으로 소름 끼치도록 치밀한 자가 아닌가?

"이제부터의 일은 당신에게 맡겨보겠다!"

상문수보가 중호를 통해 오종수에게 말했다. 그리고 그는 잠시 무심하도록 차가운 시선을 맞추고 있다가 다시 잇는다.

"나는 은원이 분명한 사람이다. 이번 일이 무사히 끝난다면 후일 언젠가 반드시 보답할 날이 있을 것이다!"

그 말이 뜻하는 바는 분명했다. 만약 일이 잘못되면 반드시 보복하겠다는 의미이기도 하리라.

오종수는 재빨리 상황을 정리했다. 대박은 벌써 날아갔다. 그렇다면 꿩 대신 닭이라도 잡아야 한다. 아니, 지금 상황에선 그럴 수라도 있으면 그야말로 다행이다. 이참에 중국 쪽의 유력한 조직과 인맥이나 터놓자는 계산이 서는 것이었다. 방주나 중호가 보통 치들이 아니란 것은 이미 충분하게 실감한 바이다. 이전에 영감탱이와 직접 통했다는 사실만으로도 분명 대단한 배경이 있을 것이다.

"경고한다! 배가 포구를 완전히 벗어날 때까지 누구 하나라도 움직이면 무차별적으로 쏜다!"

중호가 크게 외쳤다. 100미터 밖의 장 상무에게까지 들리도록!

작은 배에서 사다리가 내려왔다.

중호가 캐리어들부터 실으려고 번쩍 들어 올릴 때였다.

"이자부터 처리해!"

상문수보가 가로등 아래의 오종수 등에게 시선을 고정시킨 채 말했다. 그리고 그는 눈짓으로 바다 쪽을 가리켰다. 수장시키라는 뜻이다.

중호가 잠깐 멈칫했으나, 곧바로 허리를 숙였다.

캐리어들을 다시 사다리 옆에다 내려놓은 중호는 간단히 주변을 둘러본다. 마침 몇 걸음 떨어진 바지선의 난간 근처에서 커다란 형체 하나가 어둠 속에서 시커멓게 웅크리고 있는 게 보인다. 가까이 다가가서 살펴보자, 가로세로가 각각 1.5미터, 높이가 2미터쯤 되는, 용도를 알 수 없는 철제 구조물이었다. 가볍게 밀어보았지만 꿈쩍도 하지 않는다. 상단을 힘껏 밀자, 그제야 들썩 하단이 들렸다가 다시 쿵! 하고 둔탁하게 바닥을 찧는다. 어림잡아도 백오륙십 킬로쯤은 되지 싶은 무게감이다.

철제 구조물의 한쪽 옆에 한 무더기의 굵은 밧줄이 수북하게 쌓여 있다. 중호는 밧줄의 한쪽 끝을 찾아 철제 구조물에다 단단히 묶는다. 그리고 다시 밧줄의 다른 쪽 끝을 철민이 널브러져 있는 곳으로 끌고 간다.

굵은 밧줄이 온몸을 동여매는 느낌 때문이었을까?

"으… 으……!"

죽은 듯이 널브러져 있던 철민이 가느다란 신음 소리를 뱉어냈다. 이어 그의 눈까풀이 파르르! 가냘프게 떨렸기에 중호는 얼른 시선을 돌려 버린다. 그러고는 서둘러 철제 구조물 쪽으로 간다.

"끙~!"

된소리로 용을 쓰자 철제 구조물이 조금씩 바다 쪽으로 기운다. 그러다 이윽고는 기우뚱 무게중심이 넘어가면서 바다로 처박힌다.

풍~ 덩!

무거운 물소리가 났고, 이어…

촤라라~ 랏!

밧줄이 급하게 풀린다. 밧줄은 이리저리 격렬하게 춤을 추듯이 바지선 바닥을 쓸면서 시커먼 바닷속으로 빨려들어 간다. 그런데 어느 순간,

태~ 앵!

마구 춤추던 밧줄이 무엇에 걸렸는지 갑자기 팽팽해졌다. 그러더니 다시,

우당~ 탕!

하고 요란한 소리가 났다. 무언가 길쭉한 물체가 확 끌려 나가고 있다. 배에서 바지선으로 내려놓은 사다리였다. 밧줄에 엉켜 버린 것이리라.

"어~ 엇?"

중호가 다급한 소리를 뱉으며 앞으로 달려간다. 사다리 옆쪽에 놓여 있던 캐리어들마저 연쇄적으로 휩쓸려 나가고 있었기 때문이다. 그러나 이미 늦었다.

풍~ 덩!

캐리어들은 바다 위로 내던져졌고, 곧바로 가라앉는다.

그때였다. 철민의 몸뚱이가 바지선 바닥을 주르륵 미끄러져서는 곧장 바다로 빠져든다.

첨~ 벙!

중호가 재빨리 손전등으로 바다 위를 비추었지만 이미 아무것도 찾을 수가 없었다.

"불 꺼!"

나직한 호통이 들렸다. 상문수보였다.

"제가 들어가서 건져내겠습니다."

중호가 손전등을 끄면서 곧장 바다로 뛰어들 태세였다.

"이미 늦었다. 포기해!!"

상문수보가 차갑게 제지했다.

"방주님?"

방주의 결정이 내려졌더라도 중호는 미련을 거두지 못했다. 방금 바닷속으로 가라앉은 물건이 얼마나 가치가 있는지 알기 때문이다.

상문수보가 시커먼 바다 위를 잠시 응시하고 있다가 나직이 중얼거린다.

"특수 제작된 가방이니, 방수 기능을 믿고 나중을 기약해 보는 수밖에!"

통~ 통~ 통~ 통~!

엔진 소리가 멀어지고 있다. 배는 불빛 한 점 없이 캄캄한 바다 위를 희미한 윤곽으로만 총총히 움직여 나가고 있다.

"휴우~!"

오종수는 길게 한숨을 불어냈다. 고작 하루도 안 되는 짧은 시간에 몇 번이나 목숨이 왔다 갔다 했을까?

장 상무는 조금만 더 인내하기로 한다. 50미터! 권총의 유효사거리인 그 거리 밖으로 배가 벗어날 때까지! 서범준의 안전에 위협이 될 수 있다면, 작은 가능성마저도 끝까지 고려해야만 한다.

오종수는 주머니 속의 잭나이프로 몸을 묶고 있는 테이프를 손목에서부터 차례로 잘라냈다. 그리고 몸이 자유로워지자 유 대리의 테이프도 제거해 주었다. 이어 서범준을 풀어줄까 잠깐 갈등할 때 저쪽 멀리에서부터 한 무리의 사람들이 달려오고 있다. 오종수는 서범준을 향해 빠르게 말을 건넨다.

"이봐, 재벌 2세 친구! 혹시 나한테 불유쾌한 기억이나 감정이 있다면 깨끗하게 잊어주기를 바라겠네! 앞으로 다시 만날 일도 없을 테니 말이야. 자! 그럼 잘 가게!"

그리고 오종수는 서둘러 자리를 떴다. 서범준의 결박은 그대로 둔 채였다.

잠시 멈칫거리던 유 대리도 오종수를 뒤따라 뛰기 시작했다.

장 상무는 오종수 등이 도망치도록 내버려 두었다. 그들 조폭 나부랭이에게는 처음부터 관심이 없었다. 서범준을 안전하게 서 회장 앞으로 데려가는 것으로, 그의 임무는 완수가 되는 것이다.

제7장
나는 살아 있다

역류

숨이 막힌다.
차가운 바닷물이 꾸역꾸역 숨구멍을 밀고 들어온다.
폐가 터질 듯하다.
그러나 발버둥 칠 기력조차 없다.
그는 차라리 체념하고 만다.
그런데 그때였다.
시커멓게 소용돌이치는 바닷속에서 거대한 눈 하나가 홀연히 나타난다.

그 거대한 눈은 순식간에 그의 바로 눈앞으로 다가온다.

사방의 온 공간을 다 차지하고서 짓누를 듯이 내려다보는 눈!

그럼으로써 도저히 감당할 길 없는 막막한 공포에 젖게 만드는 눈!

바로 그 눈이다.

언젠가 아주 어렸을 때 그의 몸에 새겨졌던 번개무늬와 또 시거와 슬비라는 이상한 현상을 가능하도록 만든 최초의 원인이었다고 믿어지는 바로 그 눈!

문득 한 가닥의 불꽃이 되살아나고 있다. 그의 본능 속에서부터.

살아야 한다!

그것은 그 무엇보다도 간절하고 절박한, 원초적인 욕구였다.

그리고 그 순간 무언가가 시작되고 있다.

아아! 공간 하나가 펼쳐지고 있다.

시간의 공간이다.

아니, 시간은 분할되고 있다.

무한히 촘촘하게!

영원처럼 끝없이!

그 속에서 그는 거슬러 가고 있다.

휙!

휙!

빠른 속도로!

대학교.

고등학교.

중학교…….

그리고 이제는 기억조차 희미한 어린 시절들로.

엄마! 엄마의 얼굴, 목소리, 웃음, 웃음소리…….

아아! 멈추고 싶다.

멈추어 자세히 보고 싶고, 귀 기울여 듣고 싶다.

그러나 시간은 무심하게도 거슬러 가고만 있다.

산, 소나기, 무섭게 움직이는 계곡.

그리고 그는 마침내 만난다.

온 공간을 차지한 채 짓누를 듯이 그를 내려다보는 거대한 눈을!

아아! 시간의 거스름은 이제 그 거대한 눈을 통해 이루어지고 있다.

그리고 무섭게 빨라지고 있다.

그가 기억하지 못하는 시간으로 들어서더니, 이윽고 시간은 광경으로 화하고 있다.

달리는 기차의 창밖으로 흘러가는 풍경처럼!

그가 한 번도 본 적이 없는 광경들이다.

그것은 세월이다.

세월이 엄청난 속도로 달리기 시작한다.

폭주하고 있다.

역류의 폭주!

그렇게 얼마나 오랜 세월을 역류하여 갔을까?

얼마나 까마득히 거슬러 갔을까?

어디쯤인지 도무지 모를 망연한 시점에서, 세월은 문득 다시 시간으로 화한다.

그리고 느리게, 아주 느리게 흐른다.

마침내 역류의 종착역에 도달한 것인가?

그 거대한 눈은 언제인지부터 사라지고 없다.

아니, 어쩌면 너무도 거대해져서 공간 자체가 그 눈이 되어버렸는지도 모른다.

그런데… 아아! 이건 설마……?

마치 슬비가 펼쳐지고 있는 것 같다.

너무도 거대한 슬비!

공간 내의 모든 것들이 느릿하게 흐르고 있다.

심지어는 생각마저도!

생각?

그건 그 자신의 생각이 아니다.

전혀 알지 못하는 타인의 생각이다.

그는 지금 타인의 생각을 읽고 있다.

아니, 보고 있다.

느리게!

더 느리게!

깊숙하게!

더 깊숙하게!

그리고 이윽고는 완벽하게!

전이

사람들이 석상처럼 미동도 없이 버티고 서 있다. 모두 열한 명이다.

그들은 한 사람을 가운데다 두고, 나머지 열 사람이 원형으로 포위하고 있다.

그들이 장악하고 있는 공간은 고요하되 날카로운 칼끝에 선 듯한 치열한 긴장으로 팽배해 있다.

철민은 포위당해 있는 백색 도포 노인의 생각을 유추하고 있었다.

노인은 도포뿐만 아니라, 가지런히 묶어 어깨 위로 늘어뜨린 머리카락과 또한 길게 기른 수염까지 온통 눈처럼 희었다. 백발 백염! 그런 노인에게서는 한눈에도 범상치 않은 기품과 위엄이 느껴졌다.

백색 도포 노인을 포위하고 있는 열 명 또한 모두 노인이다. 각양각색의 행색인 그들은 각종 병장기를 들고 있다. 칼과 창, 도끼, 철퇴, 지팡이, 심지어는 긴 쇠사슬과 몽둥이까지 있다.

그랬다. 그들은 지금 생사의 결투를 벌이고 있는 중이었다. 10 대 1의 결투!

백색 도포 노인의 생각을 통해 철민은 그런 사실들을 곧바로 알게 되었다. 그러나 그런 생각의 전이는 일방적이어서, 백색 도포 노인은 철민의 존재조차 알지 못했다.

철민은 문득 그런 생각을 해본다. 지금 백색 도포 노인에게, 혹은 이 공간에서 그는 어떤 의지로만 존재할 뿐 실체는 없는, 이를테면 무존재(無存在)일지도 모른다고!

콰과과~ 과광!

하늘이 무너지는 듯한 엄청난 굉음이 터져 나왔다.

뒤이어 엄청난 먼지가 거대한 기둥을 이루며 하늘로 솟구친다. 이어 주변은 삽시간에 암흑천지로 화한다. 마치 핵폭탄이 터진 듯하다.

그 놀라운 광경은 바로 열한 명의 노인이 일시에 격돌하면서 일으켜 낸 조화였다.

'저들이 과연 사람인가, 아니면 신인가?'

철민은 경악과 함께 혼란에 빠져들고 만다.

먼지가 가라앉고 다시 사방의 시계가 트였다.

우선 백색 도포 노인이 보인다. 그는 원래 서 있던 곳에 가부좌를 틀고 정좌해 있다. 노인의 표정은 담담하고도 온화해 보인다.

그런데 노인의 주변 지형은 완전히 다른 모습으로 화해 있었다. 노인이 앉아 있는 곳을 제외한 주변 사방이 마치 지진이라도 일어난 것처럼 깊이를 알 수 없도록 까마득히 아래로 꺼져 버린 것이다. 그에 노인은 지금 마치 망망대해에서 까마득히 솟아난 절해고도의 첨봉에 고고히 앉아 있는 것 같은 광경을 연출하고 있었다.

백색 도포 노인과는 달리, 다른 열 명의 노인의 모양새는 하나같이 낭패한 듯 보인다. 그 거대했던 폭발의 여파로 사방으로 튕겨져 날아가 땅바닥에 처박힌 것처럼, 주저앉거나 쓰러져 있는 낭패한 모습들이다. 게다가 예외 없이 입과 코로 검붉은 핏줄기를 쏟아내고 있는 모습들은, 참으로 위태롭고도 처참해 보인다.

"그대들의 옹졸함에 대해서는 모조리 목숨을 거두어야 마땅할 것이다. 그러나 그대들 각자가 지닌 천 년의 정화들이 허무하게 사라져, 이 거대한 대륙의 정기가 말살될 것에 대한 측은지심이 어찌 없으랴? 하여 속속에 일말의 사정을 남겼나니, 어려움을 알았거든 이제 그만 물러들 가라! 서둘러 각자의 근본으로 돌아가 그대들에게 남은 소명을 다하라!"

웅혼한 목소리가 온 공간을 가득 채우며 장중하게 울려 퍼졌다. 백색 도포 노인이었다.

열 명의 노인이 황급히 움직였다. 모두 고통스럽고 힘겨워 보였지만, 그들은 서로를 부축하며 총총히 사라져갔다.

홀로 남은 백색 도포 노인의 주위로 고요와 적막이 쌓여간다.

그리고 천천한 시간이 흐른다. 손에 잡힐 듯 느릿하게!

"아~ 아! 어찌 이리도 어이없이 다가온단 말인가? 일생 동안 이룬 작은 성취를 남길 여유도 없이, 이토록 갑작스럽게 마지막을 맞아야 하다니! 참으로 허망하도다! 허허허! 그러나 어쩌랴? 이 또한 섭리인 것을!"

노인이 길게 탄식했다.

노인의 탄식에 담긴 깊은 공허함이 철민에게도 고스란히 전이되고 있다.

그런데 전이되고 있는 것은 공허함뿐만이 아니다.

아아! 느닷없이 무언가가 밀려들고 있다.

그것은 마치 거대한 해일처럼 철민을 덮쳐들고 있다.

무수히 많은 사실들과 상황들과 논리, 그리고 이해들⋯⋯.

아아! 그것은 너무도 방대하고 깊고 넓어서, 감히 대강이라도 무엇이라고 정의할 수가 없다.

철민은 차라리 모든 것을 연다.

그리고 그저 휩쓸리듯이 일방적으로 받아들인다.

그로서는 그럴 수밖에 없었다.

그러길 얼마쯤일까?

철민은 문득 죽음의 순간이 다가왔음을 느낀다.

그것 또한 전이된 공감이다.

그 장엄한 죽음에 고통이나 두려움 따위는 티끌만큼도 없다.

담담하고 온화하다.

한순간 노인의 육신은 가루로 화한다.

그리고 지나가는 산들바람에 고요히 흩어진다.

철민은 그 엄숙한 사라짐을 지켜보고 있다.

경건하게.

노인의 육신과 그리고 의식은 이윽고 완전히 사라졌다.

철민은 문득 자각했다.

노인의 존재가 완전히 사라짐으로써 그 또한 존재의 근거를 잃어버렸음을!

'아아! 나는 이제 또 어떻게 되는 것인가?'

막연한 공포가 엄습해 든다.

그때다.

갑자기 주변의 공간이 그를 덮쳐들고 있다.

아니, 공간은 닫히고 있는 중이다.

그리고 다시 한순간, 그 거대한 눈이 다시 나타나고 있다.

그런데 그 거대한 눈은 더 이상 짓누를 듯이 위압적으로 그를 내려다보고 있지 않다.

눈은 연민의 느낌을 담고 있다.

따뜻한 연민!

철민은 불현듯이 숙명을 생각한다.

그 눈과 지금 닫히고 있는 이 공간과 그 자신 간에 얽힌 어떤 장대한 숙명!

그럼으로써 저 거대한 눈이 보이고 있는 연민은, 그 숙명이 생겼던, 생겨야 했던 근원의 이유가 소멸된다는 의미이리라.

폭발

숨은 마침내 최후의 순간에 닿아 있다.

'살아야 한다!'

간절하고도 절박한 갈구는 이미 무기력해졌다.

마침내 생명이 꺼져 들며 죽음과 입 맞추려는 그 마지막 찰나의 순간이다.

콰콰콰~ 과광!

엄청난 굉음과 함께 무언가가 폭발했다.

그의 내부로부터의 폭발이었다.

시체

잔뜩 흐렸던 밤하늘이 개며 슬그머니 자취를 드러낸 달이 검은 바다를 희뿌옇게 비추고 있다.

강혁수는 바지선 위를 샅샅이 훑고 있는 중이다. 벌써 몇 번째나 반복하여 그러고 있다.

박 소장과 한상운은 강혁수가 하는 모양을 허탈한 기색으로 바라보고 있다. 그들은 철민의 휴대폰에서 발신되는 신호를 추격해 왔다. 그런데 그 마지막 신호가 바로 이 바지선 근처에서 끊어졌다.

강혁수는 이윽고 종종거리던 걸음을 멈추고 망연히 바다를 내려다본다. 이쯤 되면 확실히 철민에게 무슨 일이 생겼다고 짐작되었지만, 휴대폰 신호가 끊어져 버린 이상에는 당장 어떻게 해볼 도리가 없는 상황이었다. 그런데 그때였다. 바로 아래쪽 바닷속에서 무언가가 하늘거리고 있었다. 자세히 보니 긴 밧줄이었다.

강혁수가 관심을 가진 것은 그 밧줄이 천천히 한 자리에서 맴돌고 있다는 점이었다. 그의 답답한 심정이 그렇게 보이도록 한 것일 수도 있겠지만, 마치 그 밧줄 밑에 무언가 비밀스러운 것이 있다고 그에게 알려주려는 것처럼 여겨졌다. 한편 부질없는 짓이라고 생각하면서도, 그러나 혹시나 하는 생각을 떨치지 못하고 그는 주변을 훑어본다. 마침 발치에 녹슨 갈고리 하나가 나뒹굴고 있었다. 갈고리로 밧줄을 걸어 당기자 금방 밧줄이 팽팽해진다. 밧줄 끝에 무언가 제법 무겁게 매달린 느낌이다.

박 소장과 한상운이 강혁수가 밧줄을 당기는 모습을 그저 바라만 보고 있다가 이윽고 그가 힘들어하는 것을 보고는 얼른 달려가 함께 힘을 보탠다. 그러자 밧줄이 서서히 끌어올려진다. 그리고 이윽고 무언가 시커먼 덩어리가 수면 위로 모습을 드러낸다. 여행용 캐리어 같은데, 세 개가 한데 묶여 있다. 그것들을 바지선 갑판 위로 끌어올렸을 때 강혁수가 급히 외친다.

"뭐가 또 있어! 계속 당겨!"

과연 캐리어들을 올리고도 밧줄은 여전히 무거웠다. 그리고 이내 다시 무언가가 모습을 드러냈다.

"어~ 엇?"

강혁수가 놀란 소리를 토했다.

사람이었다. 아니, 시체였다. 그것도 이미 제법 손상된 듯 보이는!

시체는 커다란 철제 구조물 위에 얹혀져 있다. 밧줄의 무게는 바로 그 철제 구조물 때문이었던 듯하다.

강혁수가 밧줄의 끝을 일단 바지선의 철제 난간에 묶었다. 그리고 셋은 힘을 합해 시체를 갑판 위로 끌어올렸다.

시체의 얼굴 부위는 많이 상해서, 살이 온통 허옇게 뒤집어져 있다. 필시 가볍지 않은 상처를 입은 상태에서 소금물에 불어터진 것이리라.

그런데 꼼꼼히 시체를 살펴보던 강혁수는 저도 모르게 부르르 떨고 말았다. 시체의 몸뚱이에 남은 흔적들 때문이다. 몸뚱이는 아예 허물어지다시피 했다. 특히 전신의 관절이 거의 전부이다시피 부러지거나 탈골되어 있었다.

강혁수는 시체의 그런 손상이 인위적으로 이루어졌다고 판단했다. 아마도 잔혹한 고문을 당한 것이리라.

한상운은 강혁수의 행동을 묵묵히 지켜보고 있던 중 문득 흠칫 놀라고 말았다. 바닷물에 젖고 불은 상태라 처음에는 알아보지 못했지만, 자세히 보니 시체의 옷차림이 왠지 눈에 익은 까닭이다.

"잠깐만!"

강혁수를 옆으로 비키게 한 한상운은 곧장 시체의 주머니를 뒤졌다. 물에 풀어 헤쳐진 종이의 잔재, 그리고 열쇠고리 하나가 나왔다.

곱게 말린 한 덩어리의 탐스러운 황금색 똥. 열쇠고리의 모양이 그랬다.

순간 한상운은 열쇠고리를 와락 움켜쥐었다. 그가 익히 아는 물건이다. 그 자신도 똑같은 것을 하나 가지고 있었고, 강혁수도 역시 그랬다. 죽은 소영이가 준 것이다. 가지고 다니면 대박을 맞는다고, 관리 사무소 식구들에게 하나씩 선물로 건네주었던 것이다.

"설마……?"

한상운이 멍하니 중얼거렸다.

그때였다.

"엇, 저 반지?"

강혁수가 놀란 듯 외쳤다. 그러더니 곧장 시체의 한쪽 손을 들어 올린다. 반지 하나가 끼워져 있었다.

[Love M.N.P]

반지에는 그런 문자가 새겨져 있다. 순간 강혁수는 한 가지를 퍼뜩 떠올린다.

"Love MNP? 이니셜 같은데, MNP가 누굽니까? Love에다 약지에 끼워져 있으면, 혹시… 결혼하실 분?"

"에이! 결혼은 무슨……! 그냥 별 의미도 없는 반지인데, 그냥 잠깐… 그럴 일이 좀 있었어요!"

이내 강혁수는 두 눈을 부릅떴다. 이어 그의 입에서 잔뜩 억눌린 부르짖음이 터져 나왔다.

"아… 아……! 대표… 님!"

아아! 바로 그였다. 김철민!

시체는 바로 철민이었다.

살았습니다!

한상운은 넋을 놓고 주저앉아 버린 강혁수의 옆에서 침착하게 시체의 코끝에다 손가락을 가져다댄다. 숨을 체크하고, 다시 왼쪽 가슴 심장 부위에 손바닥을 대 박동 여부를 체크한다. 그러나 그의 얼굴은 이내 창백하게 변한다. 그리고 가만히 고개를 가로젓는다.

박 소장은 침통한 얼굴로 먼 바다 쪽을 바라보며 긴 한숨을 내쉰다.

그때 넋을 놓고 있던 강혁수가 갑자기 시체의 머리맡에 꿇어앉는다. 그러곤 곧장 시체의 코를 막고 입으로 공기를 불어넣는다. 이어 강하게 시체의 가슴을 압박하기 시작한다.

인공호흡과 흉부 압박의 과정이 몇 차례나 반복되고 있다. 그러나 시체는 아무런 반응이 없다.

"괜한 짓이다. 그만해!"

굳은 얼굴로 지켜보고 있던 박 소장이 침울하게 말했다.

그러나 강혁수는 고집스럽게도 다시금 시체의 흉부 압박에 들어간다.

박 소장은 잔뜩 얼굴을 찌푸린다. 그러나 무엇이라도 해보려는 강혁수의 절박한 심정을 짐작하기에, 다시 말리지는 못하고 가만히 고개만 가로젓는다.

그런데 그때였다.

"꾸루~ 룩!"

시체의 코와 입에서 주룩 물이 흘러내렸다.

시체의 가슴을 압박하는 강혁수의 손길이 더욱 힘차진다. 그리고 잠시 후,

"푸~ 학!"

하는 소리와 함께 시체의 입으로부터 한 모금의 물이 토해졌다.

"살았습니다!"

강혁수가 부르짖었다.

"꿀~ 럭!"

한 모금의 물을 더 토해낸 뒤 시체는, 아니 철민은 한 가닥 가느다란 숨을 내쉬었다.

나는 살아 있다

온몸 구석구석에서 폭죽처럼 감각들이 솟구쳐 오른다.

고통이다.

그것은 그가 살아 있다는 가장 극명한 증거다.

나는 살아 있다!

죽지 않았다!

으~ 허허허허!

울음인지, 웃음인지 모를 격정의 응어리가 힘겹게 삼켜진다.

그리고 그는 다시 까마득히 의식의 끈을 놓고 말았다.

나는 그에게로 가야만 해요!

서범준은 긴 한숨을 불어 내쉬었다. 저도 모르게 쉬어지는 안도의 한숨이다. 참으로 길고, 너무나도 끔찍했던 악몽에서 마침내 완전히 벗어난 것이다. 그는 지금 집으로 돌아가는 차 안에 있었다. 그의 옆에는 여전히 의식을 잃은 황유나가 있다. 그는 그녀가 내는 고른 숨소리를 확인하고 다시 한 번 길게 숨을 내쉬었다.

덜~ 컹!

도로에 이상이라도 있었는지 차가 크게 흔들렸다. 그 충격 때문에 황유나가 파르르 눈까풀을 떨며 깨어난다.

"철민이는요?"

의식을 차리자마자 그녀가 뱉은 첫마디였다.

서범준은 뭐라고 대답할지 몰라 당황하고 말았다.

"납치범들이 그를 끝까지 데려갈 이유는 없으니, 아마도 지금쯤은 풀려났을 겁니다."

앞자리에 타고 있던 장 상무가 뒤를 돌아보며 차분하게 건네는 말이었다.

"차 세워요! 가 봐야겠어요. 철민이를 찾으러 가야겠어요!"

황유나는 곧장 서둘렀다.

서범준이 얼른 그녀의 팔을 붙잡으며 말린다.

"진정해요, 유나 씨! 유나 씨가 이런다고 해서 바뀔 건 아무것도 없어요."

"그게… 무슨 뜻이죠?"

"냉정하게 말해서, 어떤 방향으로든 상황은 이미 종료가 됐다는 겁니다. 따라서 유나 씨가 지금 당장 할 수 있는 일은 아무것도 없다는 겁니다. 그리고 유나 씨는 지금 너무 지쳐 있어요. 그러니 일단 병원부터 갑시다. 우선 기운을 차려야, 그다음에 뭘 해도 할 수 있지 않겠소?"

"아아! 안 돼요……! 그럴 수 없어요. 나는 그에게로 가야만 해요!"

황유나가 울먹이며 힘없이 중얼거렸다.

서범준은 그런 황유나를 애처롭게 바라보며 가만히 눈빛으로써 위로했다.

'살다 보면 때로는 어쩔 수 없는 일을 만나기도 하는 거요. 그럴 때는 그냥 견디는 것이 최선이지! 거칠고 험한 바람이 지나갈 때까지! 그리고 언제나 중요한 것은, 또다시 맞게 되는 현실이요!'

그것은 서범준이 스스로에게 하는 위로이기도 했다.

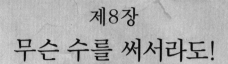

제8장
무슨 수를 써서라도!

즉시 알아보겠습니다!

철민의 상태는 위급했다.

호흡이 돌아왔다고는 하지만, 여전히 의식을 찾지 못해 혼수상태에 빠져 있었다.

강혁수와 한상운은 철민을 차에 태우고 가까운 병원 응급실로 향했고, 박 소장은 필요한 조치들을 한다며 혼자 떠났다.

철민의 허벅지 총상 때문에 응급실 담당 의사가 당황스러위했지만, 한상운이 내민 신분증을 확인하고는 곧바로 처치에 들어갔다.

응급처치를 받은 철민은 곧바로 수술실로 들어갔다.

강혁수와 한상운은 그제야 한시름을 덜었다.

생각하면 할수록, 기가 막힐 만큼 아찔한 순간들이었다.

황금색 똥 열쇠고리와 결정적으로 반지가 아니었다면 한상운도, 강혁수도 그 시체가 철민임을 확신하지 못했을 테고, 그랬다면 철민은 지금쯤 수술대에 누워 있는 대신 냉동고에 안치되어 있을 것이다.

10시간이 넘는 대수술이 이윽고 끝났다.

철민은 얼굴을 제외한 전신에 붕대를 감은 채 한상운이 미리 잡아 둔 일인 병실로 옮겨졌다.

철민이 마취에서 깨어나지 못하고 있는 동안, 한상운과 강혁수는 꼼짝도 하지 않고 병실을 지켰다.

병실에 들른 집도의는 수술이 잘되었다고 했다. 그 말을 듣고 나서야 두 사람은 한결 여유를 가질 수 있었다.

그런데 비로소 안도가 생겼기 때문일까? 병상에 누운 철민의 얼굴을 보면서 두 사람은 새삼 고개가 갸웃거려지는 것이었다.

아무리 상처가 심하고, 또 그런 채로 바닷물에 불었다고 해도, 처음 그들이 발견했던 철민은 전혀 다른 사람이었다. 그랬던 것에 비하면, 이제 철민의 얼굴은 제법 원래대로 돌아오고 있었지만, 그래도 뭔가 좀 이상했다. 얼굴이 사뭇 달라졌다는 느낌이 여전한 것이다.

뭐랄까? 전체적인 얼굴의 윤곽은 그대로인데, 이목구비를 하나씩 뜯어보자면, 또 원래보다 그 선들이 좀 더 분명해지고 선명해졌다고 할까? 마치 얼굴 군데군데를 약간 성형 수술이라도 한 것처럼 말이다.

물론 아직 부기가 완전히 빠지지 않아서 그런 것일 수도 있으니, 좀 더 두고 보아야 할 일이긴 했다.

철민은 힘겹게 눈을 떴다.

뿌연 막이 서서히 걷히더니 익숙한 얼굴들이 그를 내려다보고 있다.

강혁수! 그리고 한상운!

눈시울이 뜨거워지더니 다시 눈앞이 흐릿해져 왔다.

그리고 이윽고는 주르륵 눈물이 뺨을 타고 흘러내린다.

입을 열면 곧바로 울음이 터져 나올 것 같았지만, 그래도 해야만 할 말이 있었다. 지금 당장!

철민이 힘겹게 입술을 달싹여 보았지만, 목소리가 제대로 나오지 않는다.

한상운이 고개를 숙여 그의 입가로 귀를 가져다댄다.

그리고 철민이 내는 미약한 소리들을 주의 깊게 다 듣고 난 한상운이 차분하게 고개를 끄덕였다.

"알겠습니다! 지금 바로 알아보겠습니다!"

그제야 안도하며 철민은 가만히 두 눈을 감았다. 그리고 그는 곧장 고른 숨소리를 내며 깊이 잠에 빠져들었다.

엄청난 물건이 들어 있더군요?

"사무실은……?"

다시 눈을 뜬 철민이 여전히 병상을 지키고 있는 강혁수를 보고 쉰 목소리로 내뱉은 첫말이었다.

강혁수가 크게 반색하면서,

"사무실은 별일 없습니다."

대답하고는, 다시 빙그레 웃으며 덧붙인다.

"사무실 걱정보다도 병원비 걱정부터 하셔야 할 것 같은데요? 일단 사고로 입원 처리를 해놓긴 했는데, 보험 처리는 아마 어려울 것 같습니다. 그러니 치료비가 왕창 나올 걸 각오해야 할 겁니다."

철민이 희미하게 웃음 지었다.

강혁수가 차분한 투로 다시 찬찬히 설명한다.

"의사 말로는 꽤 오랫동안 치료를 받아야 할 거라고 합니다. 허벅지의 상처는, 총알이 뼈와 신경조직을 피해 지나간 덕분에 오히려 다행이라고 할 수 있는데, 문제는 골절이랍니다. 전신의 관절이 죄다 부러진 상태라 치료에 장시간이 소요되고, 치료 후에도 꽤 오랫동안 물리치료를 해야 한답니다."

강혁수가 잠시 말을 멈춘다. 이쯤 되니 철민은 도대체 어떻게 된 일인지에 대해 뭐라고 간단하게라도 말해주기를 기다리는 눈치였다.

잠시 묵묵히 있던 철민이 불쑥 말을 꺼낸다.

"한 대리에게는 연락이 없었나요?"

그런 철민의 얼굴에서 초조한 기색을 읽었는지, 강혁수가 얼른 대답한다.

"안 그래도 병원에 거의 다 왔다고, 좀 전에 연락이 왔었습니다!"

그때, 그 말에 맞추기라도 하듯 병실 문이 열리며 한상운이 들어온다.

"어떻게 됐습니까?"

철민이 곧바로 물었다. 그의 목소리는 가늘게 떨려 나왔다.

한상운이 잠시 후 차분하게 대답한다.

"말씀하신 세 분 중 두 분은 오늘 각자의 직장에 출근한 것으로 확인됐습니다."

"아……!"

"그리고 다른 한 분은……"

한상운이 말꼬리를 슬쩍 흐렸다. 철민의 얼굴이 대번에 무거워진다.

"말씀하셨던 장소는 주차장으로 복원되어 있었습니다. 상가 관리인에게 물어보았더니, 상가에 입점한 점포들의 물품 적치 공간으로 쓸 겸 한동안 비워둔 것은 맞는데, 이번에 전체적으로 깨끗하게 정리해서 본래의 용도인 주차장으로 복원시켰다고 합니다. 그리고 주차장 안을 살펴봤는데, 어떠한 흔적도 발견할 수 없었습니다."

"으… 음!"

철민이 무겁고도 침통한 신음을 뱉어 냈다.

한상운은 잠시간 기다렸다가 차분하게 말을 잇는다.

"대표님! 이제는 말씀을 해주십시오! 도대체 무슨 일입니까? 무슨 일이 있었던 겁니까?"

그러나 철민은 고개를 숙이고 묵묵히 바닥만 응시한다.

한상운이 강혁수와 눈길을 한번 마주친 다음 다시 말을 잇는다.

"바다에서 건져낸 캐리어들을 열어봤습니다. 엄청난 물건이 들어 있더군요?"

그 말에 철민이 급하게 고개를 들며 묻는다.

"경찰에… 신고한 겁니까?"

한상운이 철민의 시선을 담담히 받아내면서 대답한다.

"아닙니다. 그럴 경황도 없었고, 더욱이… 아까 그 두 분 쪽에서도 아직까지 아무런 조치를 취하지 않고 있는 것 같아서… 일단은 대표님께 전후 사정을 들어보고 난 다음에 어떻게 해야 할지를 결정하기로 했습니다."

철민이 자세한 사정을 밝히지 않았음에도 한상운은 스스로의 추리만으로 이미 사건의 개략에 대해 상당 부분 접근해 있는 것 같았다.

"대표님! 이건 정말로 엄청난 사건입니다. 이대로 무작정 시간을 끌다가는 어떻게 손을 써 볼 수조차 없는 상황이 되고 말 겁니다."

한상운이 덧붙였다.

철민이 한동안 침묵한 끝에 무겁게 입을 연다.

"복잡한 사정이 있습니다. 생각을 정리할 시간이 좀 필요합니다."

한상운이 가만히 한숨을 내쉬고는 어쩔 수 없다는 듯 고개를 끄덕인다.

"알겠습니다. 하지만 되도록 빨리 말씀을 해주셔야 합니다. 그래야 저희도 무슨 방법을 찾아낼 수가 있습니다. 그리고 이 병원에서 며칠 정도 회복한 뒤에는 다른 병원으로 옮기도록 조치를 해두었으니까, 그렇게 알고 계십시오! 혹시 위험한 상황이 다시 있을 가능성에 대한 대비 차원에서니까, 당분간은 외부와의 연락도 일절 끊도록 하시고요. 관리 사무소의 육 소장님께는 갑작스러운 일정으로 여행을 가신 것으로 해놓았으니까, 상가 쪽 일은 걱정하지 않으셔도 됩니다."

철민은 한상운의 말에 딱히 의문이나 이의를 제기하지 않았다. 그냥 그런가 보다, 혹은 그래야 하는가 보다 하는 정도의 느낌이었다.

잠시 후, 한상운은 강혁수와 함께 병실을 나갔다. 철민에게 혼자 생각할 정리할 시간을 주려는 것이리라.

친구라면서

철민은 혼란스러운 생각의 가닥들을 하나씩 정리해 나갔다.

놈들이 황유나와 서범준을 풀어주었는지, 아니면 또 다른 상황이 벌어진 것인지 그로서는 알지 못할 노릇이다. 그러나 그 두 사람이 무사히 본래의 자리로 돌아갔다니, 어쨌든 천만다행이다.

짱에 대해서는?

그 장소에서 어떠한 흔적도 발견하지 못했다는 한상운의

말에 철민은 혹시 자신이 잘못 알고 있는 건 아닐까 하는 의문을 설핏 가져본다. 당시 짱은 다만 의식을 잃은 것일 뿐인데, 그가 지레 죽었다고 착각한 건 아닐까 하는! 그리하여 나중에 의식을 되찾은 짱이 스스로의 힘으로 그곳을 무사히 빠져나갔고, 지금쯤 어딘가에서 멀쩡히 살아 있는 건 아닐까 하는!

그러나 철민은 이내 세차게 고개를 흔들었다. 그런 생각은, 다만 지독히도 이기적인 자기합리화일 뿐이다. 찬찬히 돌이켜 보건대, 그때 그는 자신의 오감으로 처절하게 확인했었다. 그리고 이윽고는 짱의 죽음을 확신했었다. 지금으로서는 그것만이, 그가 직접 확인하고 확신한 그것만이 가장 분명한 사실이다. 짱은 죽은 것이다.

그에 철민은 다시금 당장 뭔가를 해야만 한다는 급박한 심정이 되었다. 그러나 막상 무엇부터 어떻게 해야 할지 몰라 막막하고 갑갑하기만 하다.

'지금이라도 경찰에 신고를 한다?'

그러나 현장에 아무런 흔적도 남아 있지 않은 마당에, 뭐라고 신고를 할 것인가?

설령 여하히 정황을 잘 설명해서 경찰이 수사에 들어간다고 치자! 아니, 한 걸음 더 나아가, 당시 그 자리에 있던 놈들을 검거했다고 치자! 그러나 과연 놈들이 순순히 살인을 했다고 자백을 할까?

거기에서 한 걸음을 더 나아가, 놈들이 자백을 한다고 치자! 그럼 그다음은?

결국 마약에 관한 내용과 결부되어야만 할 것이다. 그렇게 되면? 그녀를 다시 사건 속으로 끌어들이게 되지 않겠는가?

그녀가 원하지 않는 한에는, 아니 설령 그녀가 원한다고 하더라도 그녀를 그 끔찍한 악몽 속으로 다시 끌어들이고 싶지는 않다.

게다가 그녀와 서범준이 아직 자신들의 납치에 대해 경찰에 신고하거나, 혹은 다른 조치를 전혀 취하지 않고 있다는 것은, 사회적으로 상당히 오픈된 입장과 위치에 있는 두 사람이, 이런 사건에 휘말렸다는 사실 자체가 외부로 알려지는 걸 원하지 않는다는 것 아닐까?

그렇다면 더욱이 그녀를 다시 사건 속으로 끌어들일 수는 없다. 절대로!

아아! 그럼 짱의 죽음은 어떻게 한단 말인가?

황유나를 사건 속으로 다시 끌어들이지 않으려면 그는 아무것도 하지 말아야 한다.

그렇다고 짱의 죽음을 이대로 묻어버려야 한단 말인가?

아니다!

그것 또한 분명히 아니다.

만약 그렇게 한다면, 그는 스스로를 결코 용납하지 못할 것이다.

철민은 한상운에게 휴대폰을 잠시 빌려달라고 부탁했다.

외부와의 연락을 끊는 게 좋겠다고 말한 지 얼마 되지도 않았기 때문이겠지만, 한상운이 잠시 망설이는 기색이다. 그러나 그는 결국 어쩔 수 없다는 듯이 휴대폰을 건넨다.

손을 아직 움직일 수 없었으므로 철민은 한상운에게 번호를 눌러달라고 했다. 짱의 번호다.

짱의 휴대폰은 꺼져 있었다.

예상했던 일이다. 아니, 이미 정해놓고 있던 결과이고, 또 각오하고 있던 일이지만 철민은 새삼 먹먹해진다. 휴대폰 번호 외에는 그가 짱에 대해 아는 게 더는 없다는 데 대해!

"친구라면서……."

철민은 목이 메어 말을 맺지 못했다. 잠깐 틈을 두고 나서야 그는 다시 말을 잇는다.

"막상 그 친구에 대해서 아는 게 너무 없군요. 한 대리! 부탁을 좀 해도 될까요? 그 친구… 가족 관계는 어떻게 되는지, 지금껏 어떻게 살아왔는지… 이제라도 그 친구에 대해서 좀 알고 싶은데… 방법이 없을까요?"

철민은 결국 한상운에게 도움을 청했다. 한상운이라면 그 정도는 알아볼 수 있을 것 같았다.

"한번 알아보겠습니다."

한상운이 침착하게 대답했다.

　내가 한다! 무슨 수를 써서라도! 반드시!

한상운이 짱, 박성철에 대해 알아본 결과를 가지고 왔다. 경찰 쪽에 인맥이 좀 있어서 편법으로 박성철의 신원을 조회할 수 있었고, 수소문 끝에 마침 인척 한 사람과 연락이 닿아 이런저런 얘기를 들어볼 수 있었다고 했다.

짱이 열 살 무렵 사고로 부모를 모두 잃고 고아가 되었다는 사실은, 철민으로 하여금 문득 여러 가지의 생각들을 한꺼번에 해보게 만들었다. 짱은 그보다 더욱 외로운 초등학교 시절을 보냈던 것인가? 그래서 짱은 그에게 동병상련 같은 걸 느꼈던 것일까? 완빤치라는 별명을 붙여준 것도 어쩌면 그런 공감으로부터 비롯된 것이고?

부모를 잃은 박성철을 그의 큰집에서 거뒀다고 했다. 그런데 그가 고등학교에 진학하고 나서, 무슨 이유에선지 큰집 전체가 캐나다로 이민을 가는 바람에 그는 다시 혼자가 되었다고 했다. 그리고 얼마 안 가 그는 학교를 자퇴했고, 곧바로 거친 생활을 시작한 것 같다고 했다.

얘기를 듣는 동안 철민은 내내 허공만 응시하고 있었다.

"박성철 씨에게 무슨 일이 생겼다고 생각하시는 것 같은데, 좀 더 자세한 말씀을 해주시면 제가 추가로……"

한상운이 조심스럽게 운을 뗐다.

그 말에 철민이 퍼뜩 정신을 추슬렀다.

"아닙니다. 이제 됐습니다."

"전화 한 번만 더 씁시다!"

철민의 부탁에 한상운은 말없이 휴대폰을 꺼냈다. 그러나 철민이 막상은 잠시 주저하는 걸 보고, 그가 차분하게 말을 건넨다.

"혹시… 그 여기자분께 전화를 하시려는 거면, 하시지 않는 게 좋겠습니다."

철민이 힐끗 한상운을 본다.

그 눈빛이 조금쯤 날카로웠지만, 한상운은 담담하게 말을 잇는다.

"자세한 말씀을 안 해주셔서 상황을 판단하는 데 한계가 있지만, 현재까지 드러난 정황들만으로도 대표님은 여전히 위험한 상황에 놓여 있을 가능성이 상당히 농후합니다. 우선 그 세 개의 캐리어는 완벽한 방수가 되도록 특수하게 제작이 되어 있었습니다. 즉, 그자들은 급한 상황에서 나중에 다시 찾을 요량으로 캐리어들을 바닷속에 넣은 것이라고 추정해 볼 수 있는 것이죠. 그렇다면 이제 대표님과 캐리어들이 한꺼번에 사라졌으니 그자들이 대표님을 다시 노릴 거라는 생각을 해볼 수 있을 것입니다. 그런 전제하에 대표님이 지금 그 여기자분과 통화를 하시면 대표님의 현재 위치를 노출시켜 위험을 자초하는 것은 물론, 이번 사건과 또한 깊숙이 관련되어 있는 것으로 보이는 그 여기자분까지도 위험에 처하게 만들 수 있습니다."

냉철한 분석이었다.

무엇보다 황유나가 위험해질 수 있다는 언급만으로도 철민은 대번에 초조해지고 만다.

한상운이 잠깐 틈을 두고 나서 다시 말을 잇는다.

"이것까진 굳이 말씀 안 드리려고 했는데… 지금 그 여기자분 주변에는 적어도 세 명 이상으로 이루어진 경호 팀이 근거리 경호를 하고 있습니다. 경찰 쪽은 아니고 사설 경호 팀 같은데, 상당히 전문적인 체계를 갖춘 것으로 보였습니다. 그러니까 그 여기자분에 대해서는, 어느 정도 안전이 확보된 것으로 보셔도 좋을 것 같습니다. 물론 어떤 추가적인 위험요소가 더해지지 않는다는 전제하에서 말입니다."

"아……!"

철민은 우선 안도했다. 한상운이 왜, 언제 그런 것까지 알아보았는지에 대해 의문을 가져볼 여유까지는 그에게 없었다.

'짱은… 내가 한다! 무슨 수를 써서라도! 반드시!'

철민은 이윽고 마음을 정했다.

어떻게 해야 합니까?

철민이 이번 사건의 자초지종에 대해 얘기를 하겠다고 하자, 한상운은 박 소장과 함께 듣는 게 좋겠다고 잠시만 기다리라고 했다. 그러면서 지금까지도 그랬지만, 앞으로도 박 소장이 많은 도움을 줄 수 있을 거라고 부언했다.

박 소장은 한 시간쯤 후 병실에 도착했다.

철민은 그와 황유나가 처음에 어떻게 마약 사건에 얽히게 되었는지에서부터 황유나와 서범준이 납치되고, 이후 그들을 구하기 위해 벌어졌던 상황들까지, 가급적 객관적인 사실 위주로 얘기해 나갔다. 다만 짱에 대한 얘기는 일단 제외시켰다.

철민의 얘기들 듣던 중 한상운이 두어 번 그의 눈치를 살피는 듯했으나, 끝내 의문을 제기하거나 하지는 않았다.

"그 마약에 대해서 김 대표는 얼마나 알고 있소? 이를테면 어떤 종류인지, 돈으로 환산하면 어느 정도의 가치가 되는지, 그런 것들에 대해서 말이오?"

철민의 얘기를 묵묵히 다 듣고 난 박 소장이 불쑥 물었다.

그런데 박 소장은 철민이 지금껏 알고 있던 사람과는 완연히 달라 보였다. 마치 심문이라도 하는 듯한 말투부터가 그렇다. 가만히 응시하는 눈빛에 엷게 떠올린 웃음기에서부터 다소간의 의도적인 듯한 여유 혹은 느긋함까지도 그렇다. 사뭇 노회한 느낌마저 풍기는 태도도 그렇다.

철민은 가만히 고개를 가로젓는 것으로 대답을 대신했다.

그러자 박 소장은 가볍게 어깨를 으쓱해 보이곤 다시 입을 연다.

"최신의 신종 복합 마약 종류라는데, 하여튼 고도로 정제된 최고급의 마약이라고 합디다. 그리고 70㎏이면 수백만 명이 일시에 투약할 수 있는 어마어마한 양이라는데, 그 가격이 아주 엄청나요. 그게……"

박 소장이 기억이 잘 안 난다는 얼굴로 한상운을 돌아보며 묻는다.

"이봐, 한 대리! 그게 시가로 얼마나 된다고 했지?"

한상운이 힐끗 철민의 눈치를 보고 나서 대답한다.

"2천 억입니다."

"그렇지? 어휴, 2천 억? 말이 2천 억이지, 다시 들어도 간이 다 떨리네!"

철민 역시 얼떨떨해지기는 마찬가지다. 마약이 몇십 킬로그램에 달한다는 얘기를 듣고 짱이 경악했을 때 그 가치가 상당

하리라는 추측을 해보기는 했었다.

그런데 2천억이라니? 도무지 실감이 나지 않는 숫자다. 물론 그는 그 이상의 현금성 자산을 보유하고 있었지만, 그런 것과는 완전히 차원이 다른 것이다.

"그래, 어떻게 할 참이오?"

박 소장의 그 물음에, 철민이 지레 움찔하며 반문한다.

"어떻게 해야 합니까?"

박 소장이 설핏 실소한다. 그러곤 잠시 뜸을 들이다가 불쑥 뱉는다.

"경찰에 신고를 한다……?"

철민은 다시금 움찔하고 만다. 그러나 박 소장은 스스로 고개를 가로저으며 말을 잇는다.

"그런데 그렇게 되면… 처음에 마약을 취득하게 된 경위와 왜 진작 신고를 하지 않고 계속 가지고 있었는지에 대한 해명도 쉽지 않을 테니, 아마도 경찰에서는 모든 가능성을 열고 김 대표와 또 이번 납치 사건에 연루된 모두의 발끝부터 머리끝까지 세세히 까발리려고 할 건 당연한데… 그건 아무래도 김 대표가 바라는 방향은 아닐 것 같고……. 그렇지 않소, 김 대표?"

마치 속을 들여다보는 듯한 말이었다. 철민은 딱히 뭐라고 대답할 말이 없다.

잠시간 묵묵히 철민을 응시하던 박 소장이 불쑥 다시 물음을 던진다.

"그렇다고 이대로 덮어버린다……?"

그리고 박 소장은 다시 느긋한 투로 말을 잇는다.

"그것도 간단한 문제가 아니지. 이 정도 규모의 마약이면 국내 조직이 단독으로 핸들링할 수 있는 게 절대 아닌데… 그렇다면 국제 조직? 이를테면 삼합회니 야쿠자니 마피아니 하는 조직들에서 유럽이나 미주 쪽 시장으로 대규모의 물량을 이동시키던 중 중간 기착지로 삼은 한국에 잠시 들여왔는데, 엉뚱한 사건에 휘말리면서 사달이 벌어졌다? 뭐, 그런 시나리오 정도를 예상해 볼 수 있지 않겠소? 흠! 만약에 그렇다면, 놈들이 이대로 포기할까? 물경 2천억짜리 물건을?"

삼합회에 야쿠자에다 마피아라니? 철민은 도무지 실감할 수 있는 단어들이 아니었다.

그때 박 소장이 앉았던 자리에서 일어나며 덧붙인다.

"현재까지 판단해 볼 수 있는 건 그 정도요! 음! 주변 상황들이 또 어떻게 되어 가는지 면밀히 살피고 있는 중이니까, 시간을 두고 좀 더 고민해 보는 걸로 합시다. 그리고 언제라도 위험한 상황이 발생할 여지가 다분한 만큼, 김 대표도 스스로의 안전에 특히 유의해야 할 거요."

박 소장은 조만간 다시 들르겠다는 말을 남긴 후 서둘러 병실을 나갔다.

"박 소장님… 진짜 정체가 뭡니까?"

철민이 슬쩍 물어보았다. 그런데 대해 강혁수는 그저 밋밋하게 웃기만 한다.

한상운은 슬그머니 비켜가는 투로 말을 흘린다.

"뭐, 정체라고 할 것까지야 있겠습니까? 다만… 그런 게 있다면 조만간 박 소장님이 직접 말씀을 하시지 않겠습니까?"

그러고 보니 철민은 문득 한상운과 강혁수의 정체도 궁금해졌다. 이 두 사람도 결국은 박 소장과 같은 비밀을 공유한 셈이 아닌가?

그러나 어쨌든 현재로서 그가 믿을 수 있는 사람은 그들 셋뿐이었다.

'조만간이라……! 기다려야 한다면 기다려 보는 수밖에!'

제9장
심결(心訣)

돈이 좋긴 좋다

철민이 새로운 병원으로 옮긴 지도 어느덧 한 달이 되어가
고 있었다.

그동안 철민은 미처 기대하지 못했던 호화 생활, 아니 초호
화 생활을 누리고 있었다.

발단은 이랬다.

"어디로 옮기는 겁니까?"

병원을 옮기던 날, 자정이 넘은 시간 도망자처럼 앰뷸런스

에 실려 병원을 빠져나오면서, 꼭 이렇게까지 해야 하나 싶어 철민이 한상운에게 물었었다.

"제일병원입니다."

제일병원이면 국내에서 몇 손가락 안에 꼽히는 대형 병원이었다. 안전을 위해 병원을 옮긴다기에 어디 한적한 교외나, 잘 알려지지 않은 중소규모의 병원쯤으로 예상하고 있던 것과는 사뭇 달라서 철민이,

"제일병원이요?"

하고 되물었다.

"그곳 VIP 병동에 병실을 구해놓았습니다."

한상운이 예의 차분한 투로 대답했다.

"VIP 병동이요?"

또한 미처 예상치 못했던 소리였기에, 철민은 다시금 되물을 수밖에 없었다.

"보안 시스템이 잘 갖춰진 곳입니다. 비용이 조금 부담스럽지만, 상황이 어느 정도 안정되었다고 판단되면 다시 일반 병동으로 옮길 겁니다."

그 말에 철민은 슬며시 반발 같은 게 생겼다. 한상운에 대한 반발이 아니라, 그 스스로에 대한 반발이었다. 죽을 고비를 간신히 넘긴 데다 여전히 위험이 남아 있다는데, 비용 따위를 따질 일은 아니지 않는가? 그가 돈이 없는 것도 아니고 말이

다. 이럴 때 쓰지 않으면 그 무지막지한 돈을 언제 또 쓸 일이 있단 말인가?

"그럴 필요까지야 있겠습니까?"

철민이 짐짓 담담하게 물었다.

"예……?"

"비용은 신경 쓰지 마시라고요."

그때 철민은 한상운의 얼굴에 설핏 묘한 감정이 스쳐 지나가는 것을 본 듯했다. 그러나 한상운이,

"알겠습니다."

하고 곧바로 대답했기에 철민은 넘어가고 말았다.

그렇게 된 것이었다. 철민이 졸지에 초호화 생활을 누리게 된 발단은!

VIP 병동은 25층에 위치해 있었다. 철민이 있는 특실은 VIP 중에서 특별한 VVIP를 위한 입원실이라고 했다. 허풍인지도 모르겠지만, 전직 대통령과 모 재벌 총수도 이용한 적이 있다고도 했다.

어쨌든 특실은, 한강에서 남산까지, 서울 시내 전경이 한눈에 펼쳐지는 멋진 전망!

PDP TV, 소파, 여덟 명이 앉아도 넉넉한 공간!

회의용 스크린을 비롯한 첨단 전산 시스템이 갖추어진 회의

실, 조리 시설과 보호자용 침실까지 따로 있었다.

입원실이라기보다는 고급 호텔을 능가하는 시설과 환경을 갖추고 있었다. 뿐만 아니라, 주치의가 상시 대기하고, 병실 전담의 간호사가 24시간 교대로 근무하면서 밀착 케어를 해주는 데다, 병동 입구에서부터 특실까지 이중으로 철저한 출입 통제가 되니, 과연 전직 대통령과 재벌 총수가 휴양을 위해 잠시 머물러도 크게 손색은 없겠다 싶었다.

그런데 비용은?

한상운이나 강혁수가 미리 말해주지 않았거니와, 철민 또한 다른 누구에게 물어보지도 않았다. 다만 그가 지금까지 지출해 왔던 것과는 사뭇 차원이 다를 것이라는 것은 확실해 보였다.

그러나 어쨌든…

돈이 좋긴 좋다.

심결(心訣)

오전 회진 시간과 식사 시간, 그리고 한상운과 강혁수가 교대로 하루에 한 번씩 잠깐 얼굴을 비치는 것을 제외하면 철민은 거의 혼자였다.

그렇다고 철민이 외로움을 느끼거나 하지는 않았다. 혼자 있는 것에 익숙한 그였으니 말이다.

다만 무료함을 달래기 위해서라도, 그는 곧 몇 가지 혼자만의 일을 만들었다.

의사도 모르고, 강혁수와 한상운도 모르는, 오로지 그 자신만 아는 비밀스러운 것들이었다.

마치 어릴 때 비밀스러운 혼자 놀이를 만들었던 것처럼!

비밀스러운 종류의 첫 번째는 심결(心訣)이다.

심결!

이걸 무슨 뜻이라고 해야 할지는 철민으로서도 애매했다. 그것의 원래 이름은 제법 길고 낯선 한자어들의 조합이었는데, 임의로 그중 두 글자만을 따온 것이기 때문이다.

그래도 굳이 정의를 해보자면 뭐랄까, 혼자 무심히 있다 보면 문득 머릿속에 넘실대기 시작하는 알 수 없는 어떤 생각들? 혹은 개념들? 또 혹은 지식들이랄까?

그것들은 얼마나 되는지 계량할 수 없을 정도로 많고, 또 무언가 망연하고 마치 실타래가 엉킨 듯 난해하기도 하여, 도무지 이해할 수 없는 의미들의 군집(群集)이었다.

그러나 시간이 지나면서 그것들은, 철민이 굳이 애를 쓰는 것도 아닌데 저절로 아주 조금씩 풀어지고 있었다. 그것은 마치, 어떤 거대한 원리나 이치가 아주 작은 조각조각들로 하나씩하나씩 풀어져 나오는 것만 같다.

더욱이 신기한 사실은, 풀어져 나오는 그 작은 조각들 중 곧장 적용해 볼 수 있는 것들도 있다는 점이었다.

뭐랄까, 논리적으로 설명을 할 수는 없지만, '그냥 이렇게 하면 되는 것이구나!' 하는 느낌이랄까? 혹은 지금은 까맣게 잊었지만 오래전 언젠가는 아주 익숙했던 것이어서, 지금 다시 접하고 보니 몸이 저절로 반응하는 식이랄까?

그런데 조금씩 풀어지는 그것들에 대해 몸이 저절로 반응하도록 두다 보니, 어느 순간부터 그것은 철민이 익히 알고 있는 어떤 것과 맥락을 같이했다.

바로 깨꿈이다. 깨어서 꾸는 꿈! 한 마리 작은 황금빛 뱀이 몸속을 휘돌아다니는, 그럼으로써 플라시보 효과인지는 몰라도 피로 회복과 활력 증진에 상당한 효험이 있는, 그 상상의 행위 말이다.

놀랍게도 심결은, 적어도 지금까지 풀어진 부분들까지는, 그 황금빛 뱀을 움직이는 맞춤 요령들인 것만 같았다.

진기(眞氣)! 철민이 새롭게 알게 된 바에 따르면, 그 황금빛 뱀은 진기라는 것이었다.

그리고 운기(運氣)! 진기를 움직이는 것을 운기라고 했다.

그리하여 깨꿈은 운기라고 해야 하는 것이고, 그 운기의 요령 혹은 방법에 대해 사뭇 방대하고도 심오한 이치를 정립해

놓은 것이 바로 심결인 셈이다.

물론 진기니 운기니 하는 것들이 저절로 알아졌고, 또 계속해서 새롭게 알아지고 있다는 사실에 대해, 철민은 도대체 어떻게 그런 일들이 가능할 수 있는지 스스로도 놀라울 따름이었다.

그러나 어쨌든, 종일 무료하게 병상을 지키고 있어야 하는 처지였기에 그는 이 새로운 놀이에 푹 빠져들고 말았다.

진기가 다니는 길, 즉 운기의 경로는 철민에게 사뭇 익숙했다. 지금까지 깨꿈을 통해 익숙하게 다녀 본 경로이기 때문이다.

그렇더라도 운기는 깨꿈과는 또 다르다. 우선 깨꿈에서 그, 혹은 그의 의지가 늘 피동적이고 방관적이어서 진기가 움직이는 대로 따라다니기만 했다면, 운기에서는 비록 똑같은 경로를 가더라도 보다 주관적으로 변한 느낌이었다. 이를테면 그가 진기의 주인이 된 느낌이라고 할까?

깨꿈과 운기가 다르다는 실감은, 진기가 깨꿈에서 익숙하게 움직이던 경로를 벗어나 이윽고 한 번도 가본 적이 없던 처녀지로 접어들면서 확실히 느낄 수 있었다. 즉, 견고히 앞을 가로막는 새로운 벽들을 돌파하며 새로운 경로를 개척하는 과정이다.

깨꿈에서 어느 방향으로 길을 내야 할지, 또 언제 어디쯤에서 장애가 나타날지에 대해 전혀 짐작조차 하지 못하고, 그저 맹목적으로 진기의 뒤만 쫓아가는 형국이었다.

그러나 운기에서는 어느 방향으로 길을 개척할지, 또 새로운 장애 요소가 나타날 시점과 위치, 그리고 그 장애를 깨고 나가는 게 좋을지, 아니면 우회해서 다른 경로로 나아가는 게 더 효과적일지 등등에 대한 정보 내지는 이치들이 불쑥불쑥 생겨나 그가 주도적으로 진기를 이끌어 나갈 수 있게 되었다.

이윽고 철민은 스스로의 몸에 무수히 많은 미세한 길들이 존재한다는 사실을 알게 되었다.

이전에 깨꿈을 할 때는 무작정으로 뚫고 지나다녔던 그 길들이 사실은 조금만 잘못 들어가면 그야말로 치명적인 위험들이 도사리고 있는 위험천만한 미로들이란 사실도 이제야 알게 되었다.

그리고 그러한 미개척의 길들을 하나하나 개통해 나가는 일은, 마치 스릴 만점의 모험처럼 재미가 있었다.

장애물을 돌파하고 새로운 길을 뚫어나갈 때마다 깨꿈 때와 마찬가지로 형언하기 어려운 열락이 있다.

활력이 충만해진다. 더하여 운기에서는 한 가지 부수적인 성과가 더 있었으니, 바로 그의 몸속에 어떤 무형의 힘이 쌓이기 시작한다는 것이다.

이전의 깨꿈에서도 그는 활력 증진과 신체의 기능이 상당 부분 강화되는 느낌을 받았었다. 하지만 그것의 비현실성에 대해 스스로 도저히 납득할 수 없었기에, 다만 '그런 것 같다!' 혹은 '그런 느낌이다!'라는 정도 내지는 플라시보 효과쯤으로 치부했었다.

그러나 운기를 하면서부터 그는, 그러한 효과에 대해 보다 확실히 체감을 하고 있었다.

우선은 오감 능력이다.

특히 운기를 하고 있는 동안 그의 오감 능력은, VIP 병동 입구에서부터 강혁수나 한상운이 오는 기척을 미리 알아챌 정도다. 이전 깨꿈에 빠져 있을 때의 그가, 온전히 내부로 몰입되어 주변 상황을 전혀 인지하지 못했던 것과는 크게 달라진 점이었다. 그리고 강혁수와 한상운이 병실로 들어오는 것을 보며 자유롭게 운기를 멈출 수도 있었다.

보다 분명한 체감은, 그 스스로도 깜짝깜짝 놀라마지 않는 몸의 회복 속도다.

"전신의 부러진 뼈들이 붙을 때까지, 적어도 서너 달은 꼼짝도 하지 말아야 합니다!"

회진 때마다 의사가 엄포를 놓는 말이다.

그러나 그는 진즉에 팔다리를 움직이고 있었다. 다만 의사한테는 말하지 않았다. '적어도 서너 달'을 말하는 의사의 앞에서, 굳이 팔다리를 휘저어 보일 필요까지는 없으리라. 그리고 그는 지금의 휴식에 만족하고 있기도 했다.

역용

비밀스러운 종류의 두 번째는, 철민이 스스로 생각하기에도 참으로 엉뚱하게 시작이 되었다.

그의 운기 경로는 차츰 전신으로 확대되어 가고 있었다. 그런 경로들 중에서는 진기의 흐름에 좀 더 민감하거나, 혹은 상대적으로 덜 민감한 곳들이 있다. 이를테면 가장 민감한 곳은 얼굴 부위다. 그 두 번째의 비밀스러움은, 바로 그 얼굴 부위의 진기 흐름에 대해 어느 순간 문득 떠오른 한 가지의 요결로부터 비롯되었다.

요결(要訣)?

말하자면, 예의 그 심결 중 한 조각이 다시 새끼를 치듯이 갑자기 술술 풀리면서 구체화되는 어떤 방법 혹은 수법이라고 하겠다.

어쨌거나, 그 요결이 바로 역용(易容)이다.

易 ― 바꿀 역

容 ― 얼굴 용

얼굴을 바꾼다? 그렇다. 그것은 정말로 얼굴의 모양을 어느 정도까지 변화시킬 수 있는 수법에 대한 내용이다. 즉, 그 요결에 따르자면, 의지대로 얼굴의 근육을 움직이고, 미세하게 나마 골격까지도 변화를 주어 얼굴 모양을 어느 정도까지는 변형시킬 수 있다고 했다.

참으로 엉뚱하고 황당무계하기 짝이 없다. 무슨 성형수술을 하는 것도 아니고, 아무런 도구도 없이. 오직 스스로의 의지만으로 어떻게 얼굴의 근육과 골격까지 변형시킬 수가 있단 말인가?

그러나 점점 더 또렷해지는 머릿속의 요결은, 그 황당무계한 내용이 어쩌면 실제로 가능한 얘기일 수도 있겠다는 쪽으로 믿음을 가지도록 자꾸만 그에게 강요를 하는 것이었다.

이윽고 철민은 직접 시도를 해보기로 했다. 그는 미세하게 진기를 일으켜 요결에서 지시하는 대로 운기를 했다. 그런데 과연 그가 진기를 움직이는 경로를 따라 미묘한 감각이 생겨났고, 이어 정말로 얼굴에 조금씩 변형이 일어나는 듯한 느낌이 드는 것이었다.

'거울을 준비해 놓고 시작할걸!'

철민이 괜한 아쉬움을 가져본다. 그러나 그는 이내 실소하고 만다.

'변형은… 개뿔!'

그런데 그때였다. VIP 병동 입구를 들어서는 한상운의 기척이 느껴졌고, 철민은 운기를 멈춘다.

그리고 잠시 후, 한상운이 병실로 들어선다. 그런데 그는 대뜸 두 눈을 크게 뜨더니, 당황스러운 투로 묻는다.

"어떻게 된 겁니까, 그 얼굴……?"

오히려 철민이 의아했다.

"얼굴이 왜요?"

그러나 그는 곧바로,

'설마?'

하는 심정이 되고 말았다. 그 잠깐의 시도로 정말 얼굴에 변형이라도 생겼단 말인가?

철민은 침대에서 뛰어내려 곧장 화장실로 향했다.

그런 과격한(?) 모습에 한상운의 두 눈이 다시금 부릅떠졌다.

화장실의 거울 속에서 얼굴 하나가 철민을 마주 보고 있다.

전체적인 윤곽으로는 그의 얼굴인데, 자세히 뜯어보자니 낯선 느낌이 확 들기도 했다.

갸름한 편이던 턱은 약간의 각이 졌다. 이마도 조금 넓어진 것 같고, 특히 굵직하게 변한 코는 사뭇 이질감마저 든다.

뭐랄까?

본래 그의 얼굴에 비하자면 우직하면서도 수더분하고 털털한 면모로 되었다고 할까?

그럼으로써 좀 못생겨졌지만, 대신 조금 더 호감이 가는 인상이라고 할까?

한동안 당황스럽게 거울을 들여다보고 있다가, 철민은 조심스럽게 진기를 움직인다.

진기가 좀 전에 움직였던 것과는 역순의 궤적을 따라 움직이자 얼굴이 천천히 변했다.

참으로 신기한 광경이다. 그리고 잠시 후 그의 얼굴은 본래대로 돌아왔다.

"좀 전의 그 얼굴은… 어떻게 된 겁니까?"

그리 묻는 한상운의 표정은 호기심으로 가득 차 있었다.

철민은 새삼 당황스러워진다.

그러나 사실 그대로를 말해서 이해시킬 수 있는 상황은 도저히 아닐 것이다. 일단은 대충 얼버무리고 넘어가는 수밖에!

"글쎄요. 한숨 푹 자고 일어났더니, 이 모양이 되었더라고요! 얼굴이 부었나?"

얼렁뚱땅 뱉어놓고 보니 말이 안 되는 소리다.

부기 때문에 그랬다면, 화장실 한번 갔다 오는 사이에 어떻게 또 감쪽같이 원래대로 돌아와 있단 말인가?

다행히도 한상운은 더 이상 따져 묻지 않는다. 그러나 그의 표정에는 여전히 궁금하다는 기색이 남아 있다.

*　　　*　　　*

철민은 얼굴을 가지고 노는 데 아주 제대로 재미가 들렸다.

작은 손거울까지 하나 구해 틈이 날 때마다 그 놀이에 몰입하곤 한다.

우선 첫 시도 때의 얼굴을 보다 제법 섬세하게 다듬는다.

그리고 그 얼굴을 재현하고, 다시 원래 얼굴로 돌아가는 과정을 반복 연습해서 익숙하도록 만든다.

작품 1!

철민은 그 얼굴에다 임시로 그렇게 이름을 붙였다.

그런 뒤에는 새로운 얼굴을 하나 더 만들어볼 욕심도 내본다.

그러나 비록 요결을 이해하고는 있더라도, 세밀한 숙련도를 필요로 하는 작업(?)이어서 그게 결코 쉽지가 않다.

자칫 조금만 흐트러지면 마치 떡 반죽을 주무르는 것처럼 엉망이 되어 그대로 괴물처럼 변하고 만다.

그런 점에서는, 철민이 첫 시도에서 그럴듯하게 작품 1을 뚝

딱 만들어낸 것은 상당히 운이 좋았거나, 혹은 우연의 산물이라고 할 수 있을 것이다.

어쨌거나 다시 며칠을 매달린 끝에, 그는 마침내 제법 그럴듯한 새로운 얼굴 하나를 탄생시킬 수 있었다.

바로 작품 2다.

턱 선이 좀 더 갸름해지고 눈이 찢어져서, 전체적으로 날카로운 인상이다. 아니, 날카롭다 못해 냉정하고 잔혹해 보이기까지 해서, 그 스스로도 결코 좋아질 것 같지가 않은 얼굴이다.

철민은 그 두 개의 작품을 만든 것으로 일단 만족했다.

아무리 시간이 남아도는 처지라고 해도, 다시금 상당한 시간과 기력을 소모해 가며 새로운 작품을 만들 의욕은 생기지 않는다.

역용 외에도, 철민이 심결을 꾸준히 운용하는 와중에 심결 중 일부 조각들이 다시 분화되면서 새로운 하위 요결이 만들어지는 과정이 계속되고 있다.

주로 신체 각 부위를 움직이는 방법들과 그것에 연관하여 진기를 움직이는 방법들에 관한 내용이다.

그러나 철민은 그것들에 대해서도 역시, 당장 의욕이 생기지 않았으므로 우선은 그냥 머릿속에다 차곡차곡 쌓아만 둔다.

제안(1)

쉬는 것도 지겨웠다.

철민은 결국 여전히 '적어도 두세 달'을 말하는 의사 앞에서 '굳이 팔다리를 휘저어' 보였다.

의사는 불가사의하다는 표현까지 썼다.

그리고 흔쾌히(?) 퇴원 지시를 내주었다.

"아파트나 오피스텔 전세 쪽을 알아보고 있는 중입니다만, 퇴원이 갑작스러워서 한 며칠 정도 시간이 더 걸릴 것 같습니다. 그래서 일단은 시내 호텔에다 임시 숙소를 마련했습니다."

한상운이 차분하게 설명했다.

철민은 그저 담담히 웃어준다. 한상운이 그의 개인 비서도 아닌데 이런 일까지, 더욱이 시키지도 않았는데 신경을 써주는 데 대해서다. 물론 거부감이 들거나 싫은 것은 아니다. 오히려 의지가 되는 느낌이다.

물론 한상운을 비롯해 박 소장과 강혁수 등에게 어떤 사정 내지는 의도가 있다는 것에 대해 철민은 이미 어느 정도 짐작하고 있었다. 다만, 경계심까지 느끼지는 않을 따름이다.

사실, 벌써부터 경계심을 느낄 만한 상황과 이유가 몇 차례 있었다. 그러나 그들의 사정 내지는 의도에 대해 의혹은 있되, 군이 그러한 의혹에 대해 묻거나 지레 경계를 하는 건 일부러 미루고 있는 중이라고 해야 할까?

특히 한상운과 강혁수에 대해, '한식구'로서의 친밀감을 그가 먼저 깨고 싶지는 않다. 언젠가 그들 쪽에서 먼저, 보다 분명한 파탄의 까닭을 제공할 때는 그도 순순히 파탄을 받아들일 작정이다.

철민이 다시금 담담히 웃으며 말해준다.

"잘하셨네요. 급할 것도 없으니, 당분간 호텔에 묵으면서 천천히 구해보도록 하죠."

철민은 한상운이 잡아 놓은 특급 호텔의 스위트룸에 있다. 넓은 룸과 독립된 거실은 호화로웠다. 그리고 발코니에서 바라보는 전망은 훌륭했다.

비용은?

철민은 이번에도 군이 따지지 않기로 했다.

스위트룸의 호화로움은 차라리 익숙하여 편안한 느낌이기도 하다. 한 달 넘게 VIP 병동의 특실에서 생활을 해온 관성이리라.

원룸에서 간단한 짐들을 챙겨 온 한상운과 강혁수가 돌아가고 난 뒤, 철민은 미처 짐들을 정리할 틈도 없이 다시 손님을 맞아야 했다. 박 소장이었다.

병원을 옮긴 뒤로는 한 번도 찾아오지 않아서인지, 박 소장은 새삼 이질적인 느낌이었다. 심문이라도 하는 듯이 가만히 응시하는 눈빛, 그 눈빛에 엷게 떠올려 놓은 웃음기에서 스치는 다소간의 의도적인 듯한 여유와 혹은 느긋함 등이 그랬다.

"술이나 한잔합시다!"

간단한 인사를 건네자마자 박 소장이 대뜸 던진 말이었다.

이제 막 퇴원한 사람에게 술이라니? 생뚱맞다. 그러나 철민은 군이 거절하지 않는다. 박 소장과 단둘이 마주하는 자리가 어색할지는 몰라도, 그는 문득 술이 당겼다.

멀리 갈 것 없이 호텔 지하에 조용한 룸바가 하나 있다는 박 소장의 말에 철민은 두말없이 따라나선다.

"아 참! 그 물건 말이오! 이제 김 대표도 퇴원을 했고 하니 돌려드리겠소!"

위스키가 한 잔 돌고 난 다음 박 소장이 불쑥 꺼낸 말이다.

철민은 반사적으로 움찔 놀라고 만다. '그 물건'이 무얼 말하는지는, 마치 까맣게 잊고 있던 기억이 불현듯이 떠오르는 것처럼 확연하다.

"그걸… 저더러 어떻게 하라는 겁니까?"

철민이 하소연하는 심정으로 뱉었다. 그러나 박 소장은 사뭇 냉정하게 자른다.

"그거야, 어쨌든 김 대표가 해결해야 하지 않겠소?"

철민이 무겁게 한숨만 내쉰다.

잠시 지켜보던 박 소장이 조금쯤 누그러진 투로 덧붙인다.

"지금 당장 아무 방법이 없다면, 김 대표의 거처가 정해질 때까지만이라도 내가 좀 더 맡아줄 수는 있어요. 그렇지만 더 이상은 정말로 곤란합니다?"

철민은 일단 고개를 끄덕이고 볼 수밖에 없다.

박 소장이 짐짓 화두를 돌린다.

"자자! 우리 술 마시러 온 거니까, 그런 얘기는 그만하고 이제부터 술이나 마십시다!"

그리고 두 사람은 전투적으로 술을 마시기 시작한다. 마치 누가 술이 더 센가 경쟁이라도 하듯이!

박 소장의 주량은 제법 대단했다. 그러나 역시 철민의 주량과는 비할 수 없어서, 그는 어느덧 취한 모습이었다.

"이보시오… 김 대표……! 내가… 김 대표에게… 제안을 할게… 하나 있는데 말이오……."

박 소장은 혀가 꼬이고 있었다.

"제안이요?"

철민이 건성으로 받아주었다.

"뭐… 거래라고 해도… 좋고……!"

그 말에 철민은 슬쩍 속내를 담는다.

"거래요? 솔직히 말씀드려서, 전 박 소장님 같은 분하고는 거래 같은 거 하기 싫은데요?"

"아니… 내가… 뭐가 어때서… 싫다는 거요?"

"글쎄요……? 뭐라고 해야 정확할지는 모르겠습니다만… 뭐랄까, 박 소장님은… 자신을 철저하게 숨긴 채 딱 필요한 만큼만 드러내는 스타일 같아서요?"

"아… 그래요? 근데… 그런 거라면… 오히려 김 대표야말로… 진짜 그런 쪽… 아니요?"

"제가요? 하하하! 재미있는 말씀이군요! 하긴 뭐, 그럴 수도 있겠죠? 어쨌든 박 소장님의 제안이란 게 뭔지 일단 들어나 볼까요?"

"음… 아니요!"

"예?"

"생각해 보니까… 아무래도 지금은… 퇴짜나 맞기 딱… 좋을 것 같아서… 다음에 언제 다시… 기회를 보도록… 합시다!"

"하하하! 무슨 내용인지는 모르겠습니다만, 지금 퇴짜 맞을 게, 다음에 한다고 달라진답니까?"

"지금… 내가 가지고 있는… 카드만으로는… 부족한 것 같아서… 말이오. 거래라는 게… 본래 그런 것… 아니겠소? 상대가 흥미로워할… 카드 한 장 정도는… 쥐고 있어야… 성사가 되는……!"

"흠… 제가 흥미로워할 카드라? 그런 게 있을까요?"

"이를테면… 김 대표에게… 아주 급한… 어떤 일이 생겼는데… 마침 나한테… 그 일을 해결할… 수 있는… 방법이 있다! 뭐… 그런 경우라면… 김 대표도 충분히… 흥미가 생기지 않겠소?"

그 말에 철민은 퍼뜩 짚이는 게 있었다. 그러나 그때,

쿵!

박 소장이 결국은 테이블에 머리를 처박고 말았다.

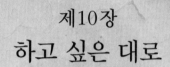

제10장
하고 싶은 대로

아프다

　호텔에서의 며칠이 특별한 의미도 없이 흘러가고 있다.

　철민은 호텔 밖으로 거의 나가지 않았다.

　한상운과 강혁수도 가끔 전화만 할 뿐 얼굴을 비치지 않고
있었다.

　철민은 자주, 온전히 혼자가 된 듯한 적막감에 빠져들곤 했
다.

　허전하다.

마치 살아가야 할 이유가 다 사라져 버린 것처럼!

그러다가 이윽고는 시리고 아프다.

가슴 한가운데 휑하니 구멍이 뚫린 것처럼!

아아! 그리움 때문이다.

보고 싶은데, 목소리라도 듣고 싶은데 연락조차 할 수 없는 처지로서 가지는 절절한 그리움이다.

그러나 상황은 너무도 명료하지 않은가?

지금의 복잡하고도 위험천만한 사정들이 깨끗하게 해결되지 않고는, 그녀에게 감히 다가갈 수 없는, 결코 다가가서는 안 되는 상황이다.

새삼 생각해 보니 그와 그녀의 관계라는 건, 너무나도 가볍고 허술하기만 하다.

그녀는 그의 집도, 직장도, 혹은 그와 관계된 사람들 중 누구도 알지 못한다.

그런 그녀가 그에게 연락을 취할 방법은, 오로지 휴대폰뿐이다.

그가 먼저 연락을 하지 않는 이상, 그와 그녀의 관계는 온전히, 완벽하게 끊어져 버리는 것이다.

카페.

간이 주점.

영화관.

페스트푸드점.

…….

새벽부터 추적추적 비가 내리는 날, 아침 일찍 호텔을 나선 철민은 거리를 헤맨다. 아니, 순례를 하듯이 이곳저곳을 둘러본다.

그러고 보니 제법 많다.

그녀와 함께 했던 장소들.

그녀와 함께 했던 시간들.

그녀와 함께 했던 추억들.

그러나 위안은 조금도 얻지 못했다.

오히려 그리움의 허기에 잔뜩 주리기만 한 채로, 그는 발길을 돌려야만 했다.

그 각각의 장소에서!

시간에서!

추억에서!

몇 번이나 망설인 끝에 철민은 결국 휴대폰 두 개를 샀다.

하나는 본래의 번호!

다른 하나는 신규 번호!

본래의 번호는, 차마 기대마저도 온전히 접어버릴 수는 없어서다.

'혹시 전화가 오지 않을까?'

물론 와도 받지 않을 것이지만.

받지 못할 것이지만.

그러나 확인이라도 하고 싶은 욕심은 간절하다.

그녀가 여전히 그를 잊지 않고 있다는 것을.

포기하지 않고 있다는 것을.

그러나 그는 차마, 본래번호의 휴대폰 전원을 켜지 못한다.

철민은 밤새 잠들지 못한다.

켤까, 말까?

치열한 갈등 끝에 그는 결국 휴대폰의 전원을 켜고야 만다.

있었다.

그녀가 남긴 메시지들이.

[아무 일도 없는 거지? 그렇지?]

[제발 연락 좀 해! 너 걱정돼서 죽을 것 같아!]

[잊지 마! 넌 내 용사야! 내가 허락하기 전까진 절대 날 떠나지 못해! 감히 도망치지 못해! 그러니까 당장 돌아와! 제발!]

문자 메시지들.

그리고 음성 메시지들.

—야, 김철민! 너 지금 나 애태우려고 일부러 전화 안 받는 거지? 그렇지?

—김철민! 이 나쁜 자식아! 내가 보기 싫으면 사내답게 톡 까놓고 보기 싫다고 말하면 될 거 아냐? 그런다고 내가 널 붙잡을 것 같아? 애걸복걸할 것 같냐? 천만, 만만에 콩떡이다, 이 나쁜 자식아! 불알 찬 사내자식이 이게 뭐냐? 왜 흔적도 없이 사라지냐고, 이 나쁜 놈아!

—김철민! 대답 좀 해라, 제발!

—김철민! 나 힘들다고! 내 옆에서 나 좀 지켜주라고!

그녀는 걱정하고, 하소연하고, 잔뜩 취한 목소리로 욕을 하고, 넋두리를 하고 있다.

철민은 타는 듯한 갈증을 느낀다.

생생한 그녀의 목소리를 당장 듣고 싶은 지독한 충동이다.

그러나 철민은 차라리 휴대폰을 꺼버린다.

다시는 켜지 않으리라는 다짐을 하며.

그러나 지독한 목마름이 곧바로 그를 괴롭힌다.

녹음된 목소리라도 다시 한 번 듣고 싶다.

원망일지라도.

욕일지라도.

저도 모르게 휴대폰의 전원 버튼을 누르고 있는 자신에 대해 화들짝 놀라며 그는 휴대폰을 던져 버린다.

'차라리 부숴 버릴까?'

그러나 차마 또 그럴 수는 없어서, 그는 거실 한구석에 놓인 짐 가방의 제일 밑바닥에 휴대폰을 쑤셔 박아둔다.

작품(1)

새벽녘까지 잠을 설친 철민은 아침 느지막이 눈을 뜬다. 그러나 계속 이불 안에 누에고치처럼 웅크리고 있다.

만사가 귀찮다. 아침을 챙겨먹을 생각 따위는 조금도 없다.

마음만 싱숭생숭하다.

그동안 해답 없는 문제들에서 억지로 비켜나 있는 척하고 있었는데, 하룻밤 새 그 문제들이 난마처럼 뒤엉켜 뒤죽박죽이 된 채 불쑥 눈앞으로 다가와 있는 느낌이다.

답답하다.

터질 것 같다.

그는 이윽고 침대를 박차고 일어난다.

씻고 옷을 갈아입고 할 의욕은 조금도 없다.

귀찮기도 하거니와, 그런 요식을 거쳐야 한다는 것 자체가 답답하기 짝이 없는 구속으로만 여겨진다.

자유롭고 싶다. 그를 둘러싸고 있는 모든 구속으로부터!

그는 문득 충동이 일었다.

옷장에 붙은 거울 앞에 선다.

그가 의지를 집중하자 얼굴이 조금씩 변하기 시작한다.

역용이다.

그가 느낀 충동은 다른 얼굴이 되는 것이다.

김철민이 아닌 다른 사람이 되는 것!

그럼으로써 어떤 구애도 받지 않는 자유로움에 취해 보는 것!

병원에 있을 때 상당한 시간과 노력을 기울여 숙달시켜 놓은 덕분에 작품 1과 작품 2가 사뭇 익숙하게 재현된다.

그는 작품 1을 선택한다.

우직하면서도 수더분하고 털털한 호감형의 얼굴이다.

씻지도 않은 채, 잘 때 입은 추리닝에 운동화를 대충 신고서 호텔 밖으로 나가기에는, 날카롭다 못해 냉정하고 잔혹해 보이기까지 한 작품 2는 영 어울리지 않을 것이다.

하고 싶은 대로 한다!

무슨 상관이랴?

나는 지금 김철민이 아닌 것을!

그렇더라도 추레하고 궁상맞은 모양새가 사랑스러울 것은 없어서, 철민은 추리닝 바지 주머니에 양손을 푹 쑤셔 넣고 시선을 땅바닥으로 향한다.

목적지는 없다.

그저 눈부심이 싫기에, 햇빛이 비치지 않는 응달을 따라서 걷는다.

얼마나 걸었을까? 문득 한 줄기 서늘한 바람이 얼굴을 스치고 지나간다.

철민은 고개를 든다. 그는 지금 어느 골목길에 접어들어 있다. 앞쪽 모퉁이에 있는 작은 트럭을 개조해 만든 노점 하나가 문득 시야에 들어온다. 아니, 정확하게는 시각보다는 후각이 먼저였다. 냄새! 그리고 나서야 모락모락 김을 뿜어 올리는 커다란 솥에 담긴 어묵이 보인다. 호떡도 보인다.

갑자기 허기가 진다. 그러고 보니 그는 며칠 동안 제대로 때운 끼니가 없다. 룸서비스 전화하는 것조차 귀찮아서였다. 아니, 그 전에 뭘 먹고 싶은 생각 자체가 생기지 않았다고 할까?

밀렸던 허기가 한꺼번에 밀려든다. 의지가 아닌 본능이 그를 이끈다. 그러나 홀린 듯이 다가서다가 철민은 흠칫 멈춰 서고 만다.

'아차! 돈······!'

그는 지금 그야말로 무일푼이다. 돈도 없고, 카드도 없다. 심지어는 휴대폰마저도 놓고 나왔다.

꼴이 우습게 되어버리지 않았는가? 비싸 봤자 천 원 안팎일 어묵 한 조각, 호떡 한 개도 사먹을 수 없는 처지라니!

먹을 수 없게 된 걸 실감하자, 허기는 숫제 맹렬해지고 있다.

그러나 철민은 힘겹게 발길을 돌린다. 호텔로 돌아가는 수밖에!

발걸음이 천근만근 무겁다. 뒤에서 뭔가가 그의 허리춤을 붙잡고 잡아끄는 듯하다. 냄새다. 특히 호떡 냄새! 온몸의 감각들이 모조리 코로 몰리고 있다.

철민은 결국 다시 발길을 돌린다. 그러나 차마 노점 쪽을 보지는 못한다. 머리를 푹 숙인 채로 성큼성큼 걸음을 내디딘다.

'냄새만 맡으리라! 최대한 빨리 지나쳐 가리라!'

그런데 그가 고개를 처박은 채, 노점을 향해 돌진이라도 하듯이 다가갈 때였다.

"당신들 지금 뭐 하는 짓이야?"

날카로운 외침이었다. 여자다. 철민이 퍼뜩 고개를 들었을 때, 앞쪽에서는 난데없는 소동이 벌어지고 있다.

예닐곱 명의 사내가 젊은 남녀 한 쌍을 골목길 가운데 가둔 채 추행을 하고 있는 상황 같다.

사내들 중에는 눈에 띌 중도로 덩치 큰 자들이 섞여 있었고, 한마디씩 내뱉는 시시껄렁한 말투만으로도 그들은 양아치나 깡패쯤으로 보인다.

바로 이어 한바탕의 활극이 벌어진다. 그 한 쌍 중 남자가 이리 치고, 저리 뛰며 깡패들 사이를 휘저어 다니고 있다. 한눈에도 보통의 몸놀림은 아니다. 그러나 여자를 보호하려다 보니 공간을 넓게 쓰지 못하는 남자는 이내 포위를 당하는 형국이 되고 말았고, 이윽고는 붙잡혀서 무차별로 구타를 당한다.

그런데 그때였다. 다급해진 여자가 도망을 치기 시작했는데, 하필이면 철민이 있는 방향이다.

딱! 딱! 딱! 딱!

하이힐의 굽이 땅을 찍는 소리가 절박하다. 그러나 여자는 철민의 10여 미터 앞에서 뒤쫓아온 세 명의 깡패에게 따라잡히고 만다.

"저리 비키지 못해?"

깡패들에게 가로막히고도 여자는, 다급할지언정 크게 위축되지는 않는 모습이다.

"비키라고? 에이! 세상에 공짜가 어디 있어? 일단 오빠하고 뽀뽀 한번 해주면 비켜줄 수도 있지!"

깡패들 중 하나가 희롱하는 투로 받았다.

나머지 두 놈이 킬킬거린다.

"이 양아치새끼들이, 얻다대고 수작이야?"

여자가 더욱 대차게 나왔다. 그러나 그게 오히려 깡패들을 자극하는 모양이다.

"뭐, 양아치 새끼들? 야, 이년, 이거 말하는 본새 좀 보소? 이걸 그냥 콱? 뒤질래?"

철민은 시선을 거둔다. 상관을 하지 않을 작정이다.

그러면서도 그는 차마 몸을 돌리지는 못했다. 집착 때문이다. 집착의 대상은 여전히 호떡 냄새다. 그 냄새는 저 앞쪽의 근원지로부터 길게 늘어져 나와, 악착스럽게도 그의 허리춤을 잡아끌고 있는 중이다.

'하고 싶은 대로 한다!'

결국 철민은 그렇게 치부했다.

하고 싶은 대로 할 자유!

김철민이 아닌, 작품 1로서의 자유를 맘껏 누리는 것이다.

지금 그에게 가장 절실한 자유는 바로, 맘껏 냄새를 맡는 것이다.

제11장
허무주의자

허무주의자

철민이 주춤주춤 앞으로 걸어가자 깡패들이 그를 흘깃거린 다.

철민은 가급적 조심스럽게 움직인다. 깡패들의 심기를 거스 를 의도는 조금도 없다는 걸 성의 있게 표시하기 위해서다.

철민에게로 향하는 여자의 눈빛에서 도움을 구하는 간절함 이 배어나고 있다. 그러나 그녀의 눈빛은 이내 실망스러움으 로 바뀐다. 하긴, 허술한 추리닝 차림에 수더분하고 털털한 인상의 철민이었으니, 대낮부터 하릴없이 골목길이나 어슬렁거리고 다니는 백수쯤으로 보일 법했다. 더욱이 덩치가 크거나 근육질의 몸매도 아니다. 결정적으로는 위기에 처한 여자를 도와줄 정의감 같은 건 조금도 보이지 않으니 당연한 반응일 것이다.

이윽고 철민은 깡패들이 여자를 둘러싸고 있는 곳까지 다가간다. 그리고 더욱 성의를 보이기 위해, 벽 쪽으로 최대한 붙어 서서 슬금슬금 비켜 나간다. 그런데 그때였다.

"어이! 너 지금 뭐 하냐?"

깡패 중 하나가 말을 던졌다. 확연한 시비조다.

철민은 움찔 몸짓을 해 보인다. 그러나 굳이 대답을 하지는 않았다. 그냥 대답하기 싫어서다. 하기 싫은 걸 하지 않을 자유! 그것 또한 그가 누리고 싶은 자유다.

당장 한 놈이 성큼성큼 다가온다.

"지금 개기냐? 뭐 하냐고 묻잖아, 새꺄?"

말과 함께 놈은 빠르게 덤벼들며 거칠게 철민의 가슴을 밀친다.

철민은 가볍게 몸을 트는 것으로 놈의 손길을 흘려 버린다. 어떤 계산이나 판단에 의한 것이라기보다는, 그냥 자연스럽게 행해진 반응이다.

몸의 균형이 무너진 놈이 휘청거리며 제 풀에 두어 걸음을 앞으로 내딛는다.

"이런… 개새끼가?"

놈이 거칠게 욕지거리를 뱉고는, 곧장 되돌아 달려들며 철민의 옆구리를 향해 킥을 날린다.

철민이 다시금 가볍게 몸을 틀어 사내의 킥을 흘린다. 동시에 내각으로 파고들며 가볍게 놈의 명치를 질러준다.

"허~ 억!"

숨 끊기는 소리와 함께 놈이 힘없이 고꾸라진다.

"엇?"

"뭐야, 저 새끼?"

나머지 두 놈이 놀라움을 토해냈다. 그러고는 동시이다시피 달려들며 철민의 좌우를 덮친다.

그러나 놈들의 스피드는 전혀 위협적이지 못하다. 철민은 슬쩍 허리만 젖혀 피해내며, 가볍게 좌우 스트레이트를 날린다.

퍼~ 퍽!

힘을 싣지는 않았더라도 정확하게 관자놀이에 꽂히는 펀치에 두 놈은 얌전히 바닥에 주저앉는다. 그때, 앞서 쓰러졌던 놈이 힘겹게 몸을 일으키려는 것을 보며 철민이 무덤덤하게 말해준다.

"그냥 누워 있어라! 더 맞기 싫으면!"

놈은 대번에 움찔한다. 그리고 그대로 기세가 눌린 듯 감히 일어서지 못하고 다시 바닥에 주저앉는다.

"저기……!"

여자가 철민을 향해 뭐라고 말하려다 말끝을 흐린다.

그러나 굳이 뒷말을 듣지 않아도 말하고자 하는 바를 알 만하다. 일행인 남자를 도와달라는 것이리라.

철민은 힐끗 여자를 보았다. 이제야 제대로 살펴보는 것인데, 한마디로 미인이다. 그것도 한눈에 확 들어올 만큼의! 나이는 20대 중후반에서 30대 초중반?

철민은 본래 여자들 나이를 알아보는 데 재주가 없기도 하지만, 이 여자는 특히 좀 그렇다. 이목구비가 선명하면서도 청순미가 엿보이는 얼굴만 보자면, 20대 중반 같다. 그러나 늘씬하면서도 굴곡이 도드라질 정도의 글래머인 몸매는 농염미가 더해져서 20대 후반으로 보인다. 그런가 하면, 짧은 스커트에 롱코트로 우아한 멋을 부린 옷차림을 보면 30대 초반 같다. 또 앞서의 것들과는 별개로, 전체적으로 풍기는 도도함에서는 30대 중반으로 느껴진다.

어쨌든 여자가 대단한 미인이든지 말든지, 또 그 나이가 어떻게 되든 간에 철민은 여전히 이 상황에 개입하기가 싫었다. 그러나 아무래도 앞쪽에서 벌어지고 있는 상황은, 그를 가만두지 않으려는 쪽으로 진전되고 있는 것 같았다. 여자의 일행인 남자는 바닥에 쓰러져 있고, 덩치 큰 깡패들 네 놈이 이쪽을 향해 빠르게 다가오고 있다.

"야, 이 새끼야!"

덩치 하나가 거칠게 뱉으며 철민의 목을 움켜잡을 기세로 손을 뻗어온다.

철민은 피하지 않고 손을 맞잡는다.

"엇?"

덩치가 놀란 소리를 토해냈다. 평범한 체구에 불과한 철민의 미처 예상하지 못했던 완강한 완력에 놀란 것이리라.

철민은 그런 덩치의 무릎 바로 위쯤을 강하게 걸어찬다.

퍽!

"으윽!"

놈이 그대로 푹 주저앉고 만다.

그때 뒤에 서 있던 나머지 세 놈이 한꺼번에 우르르 달려든다.

철민은 오히려 놈들의 가운데로 헤집고 들어간다. 우선 좌우에 위치한 두 놈의 관자놀이에 원투 스트레이트를 꽂아 넣는다. 이어 얼굴로 날아드는 나머지 한 놈의 주먹을 어깨만 틀어서 흘린다. 동시에 놈의 명치에 가볍게 한 방을 먹여준다.

"악!"

"윽!"

"헉!"

제각기 비명을 토해내며, 세 놈이 연이어 풀썩풀썩 바닥에 주저앉는다.

철민은 느긋하게 주변을 한번 훑어본다. 쓰러지거나 주저앉아 있는 자들은, 그의 기세에 눌려 감히 일어나지 못하고 있는 먼저의 셋을 포함해서 모두 일곱이다.

철민은 문득, 사뭇 애매한 감상을 떠올려 본다. 놀랍기도 하고, 놀랍지 않기도 하다. 자신의 능력이 이 정도로까지 대단해졌다는 데 대해 놀라지 않을 수 없다. 그러나 그가 겪었던 일들을 생각하면, 이 정도의 능력은 당연히 되어야 하는 것으로 생각되기도 했다.

"고맙습니다! 덕분에 큰 위험을 모면했습니다!"

여자였다. 새삼 대단한 미인이다 싶은 그녀는, 크게 안도하는 표정인 동시에 철민에 대해 놀라고 감탄하는 기색도 감추지 못했다.

철민은 고개만 까딱하는 것으로 그녀의 인사를 받는다. 그러고는 곧바로 걸음을 옮긴다. 여전히 절박한 허기에 순응한다는 마음이다. 여자가 당황하거나 말거나, 그냥 그가 하고 싶은 대로 한다는 생각이다.

그때 맞은편에서 여자의 일행인 남자가 절뚝이며 다가오고 있다. 서른 초반쯤의 남자는 터지고 멍든 얼굴임에도, 사뭇 절제된 기품 같은 게 엿보인다. 다만 좀 전 여자를 대하는 철민의 행동 때문인지, 철민에 대해 불쾌감 내지는 은근한 경계감을 드러내고 있는 듯했다.

그러거나 말거나, 철민은 무시하고 성큼성큼 남자를 지나쳐 간다.

"아가씨! 그만 가시죠!"

뒤쪽에서 들리는 남자의 말이 사뭇 공손하고 정중하다.

'연인 사이는 아닌 것 같군!'

철민은 그런 생각을 할 뿐, 더는 신경 쓰지 않는다. 호떡 냄새가 다시 강렬해지고 있다. 이제 가능한 한 가까이 다가가 냄새를 맡은 다음, 곧장 호텔로 돌아가면 될 일이다. 그런데 그때였다.

"잠깐만요!"

여자가 외쳤다.

크지 않은 목소리였지만, 철민은 일단 걸음을 멈추지 않을 수 없었다. 여자의 목소리에 뭔지 모를 단호함이 녹아 있었다. 그에 이번에도 그냥 무시하고 가버리면 왠지 무슨 잘못을 범하고 도망을 치는 듯한 느낌이 들 것 같았다.

"도와주신 건 정말 고맙지만, 감사를 표하는 사람에게 이렇게 무례하게 대하는 건 너무 지나치다고 생각하지 않나요?"

여자의 목소리에서 날카로운 추궁의 느낌이 전해졌다.

철민은 천천히 돌아서며 힐끗 여인을 노려본다.

그러나 여인은 별로 움츠리는 기색 없이, 예의 그 대차고 도도한 시선을 마주 부딪쳐 온다.

순간 철민은 다시 성가시다는 마음이 되고 만다. 저처럼 기센 여자와 이러쿵저러쿵 말을 섞기보다는, 한순간이라도 빨리 호떡 냄새에 대한 욕구를 해소하고 호텔로 돌아가고 싶었다. 그리하여 철민은 차라리 여자를 향해 꾸벅 고개를 숙인다. 그리고 간단히 뒤돌아선다.

"아니, 여보세요? 제 말은… 그런 뜻이 아니잖아요?"

여자가 사뭇 당황스러운 소리로 외쳤다.

그러나 철민은 무시하고 성큼성큼 걷는다.

철민은 드디어 호떡 가게, 그를 그토록 집착하게 만든 냄새의 근원지 앞에 도착한다.

후~ 으~ 읍!

그는 깊게 냄새를 들이켠다. 짙다. 진하다. 강렬하다. 강렬하게 만족스럽다. 그럼으로써 그는 냄새만 음미하고 곧장 지나쳐 가기로 했던 결의를 일시 망각한다. 그리고 저도 모르게 걸음을 멈추고 만다.

후~ 읍!

후으~ 읍!

철민은 한껏 냄새에 취했다.

그런데 그때였다.

"저… 혹시 배고프세요?"

조심스럽게 물어오는 말에, 철민은 하마터면 고개를 끄덕일 뻔했다. 그러나 그는 끄덕여지려는 고개는 겨우 멈춰 세울 수 있었으되, 그 순간의 표정과 눈빛에 서렸을 법한 사뭇 절박한 기대 혹은 욕구까지는 미처 감추지 못한 것 같다.

조금 커진 눈으로 그를 바라보고 있는 여자의 입매가 순간 애매하게 일그러져 간다. 그러나 그 입매가 미처 제대로 모양을 갖추기도 전에 그녀는 얼른 손으로 입을 가리며,

"미안해요!"

하고 사과했다.

그녀의 사과는 느닷없었다. 지금까지의 대차고 도도했던 느낌과도 사뭇 다르다. 어쨌든 철민으로서는 공감하기가 어렵다.

그녀가 담담히 웃어 보이더니 덧붙인다.

"그러고 보니 저도 배가 고프네요!"

그리고 그녀는 슬쩍 눈짓으로, 진열되어 있는 두세 개쯤의 호떡을 가리킨다.

'같이 먹자고?'

철민이 다시금 순간의 갈등에 빠지지 않을 수 없었다.

찡긋!

그녀는 다시 한 번 가벼운 눈짓을 했다. 그러곤 성큼 호떡 앞으로 다가선다.

철민은 그녀의 몇 걸음 뒤쪽에 버티고 서 있는 남자를 힐끗 본다.

경계의 눈빛으로 철민을 주시하고 있던 남자가 시선을 피한다. 마치 자신이 관여할 바가 아니라는 듯, 혹은 관여할 수 없는 영역이라는 듯하다.

철민은 그녀의 호의를 굳이 거절하지 않아도 될 최소한의 명분을 찾는다. 어쨌든 미안하다고 하지 않았던가? 사과를 받는 것으로 치면 될 일이다.

"여기 호떡 두 개, 아니 한 열 개쯤 주세요!"

그녀가 주문했다.

"예예! 쪼매만 기다려 주이소!"

호떡 굽는 아주머니의 손길이 바빠진다. 밀가루 반죽에 설탕으로 버무린 속을 넣고, 달궈진 팬 위에 올려 납작하게 만들 때마다…

칙~!

치~ 익!

하고 뜨거운 소리가 난다. 그리고 냄새의 강렬한 향연! 잠시 숨죽이고 있던 허기가 다시금 요동치기 시작한다. 철민은 차마 한순간도 호떡에서 눈을 떼지 못한다.

그녀 역시도 멀거니 호떡 굽는 광경을 바라보고 있다. 그러다니 그녀는 문득 생각났다는 듯이 철민에게 말을 건넨다.

"기다리는 동안 우리… 저거라도 하나씩 먹을까요?"

그녀가 어묵 꼬치가 한 가득 담긴 커다란 솥에서 꼬치 하나를 집는다. 그리고 선뜻 철민에게 건넨다.

철민은 차라리 반사적으로 손을 내밀었다. 어떤 거리낌이나 망설임이 생길 틈조차 없었다. 꼬치를 받아 들고 나서야 머쓱해지고 말았지만, 그때는 이미 어떻게 돌이킬 수도 없게 된 뒤였다.

그녀도 꼬치 하나를 집어 든다. 그러나 막상은 망설여지기라도 하는 듯 잠시 심각하게(?) 꼬치를 바라본다. 그리고 난 뒤에야 조심스럽게 한입을 베어 무는 그녀의 모습은, 마치 어묵 꼬치를 처음으로 먹어보는 사람처럼 사뭇 어색해 보였다.

그러나 한입을 우물거려 삼킨 다음부터 그녀는, 성큼성큼 연이어 베어 물며 꼬치 한 개를 금세 다 먹어 치운다. 하지만 그녀는 두 개째를 집어 들지는 않고 철민을 쳐다본다.

그때 벌써 허겁지겁 세 개를 해치우고, 네 개째를 집어 들던 철민은, 그녀의 시선을 의식하고는 뻗었던 손을 슬그머니 거두어들인다.

"더 드세요! 마음껏!"

그녀가 말했다.

그러나 꼬치 세 개로 절박할 정도의 허기는 면했으니, 철민도 더 이상 본능에만 충실하기는 어려웠다.

"호떡 열 개 다 됐심더!"

마침 아주머니가 호떡이 두툼하게 담긴 봉투를 건넨다.

그걸 그녀가 받아 철민에게 내민다.

철민이 멈칫거리자 그녀는 봉투를 그의 손에다 쥐어준다.

"전 됐으니까, 이거 다 드세요!"

철민은 잠시 갈등한다. '받을까, 말까?'가 아니다. '고맙다는 말을 할까, 말까?'를 두고서다. 그러나 그는 곧바로 정리를 한다.

'쉽게 생각하자. 기왕에 이상하게 시작된 상황이다. 그러니 이상한 대로 끝나게 두면 그만이다.'

까딱!

철민은 가볍게 고개를 숙여 보였다. 그리고 간단히 뒤돌아서서 성큼 걸음을 내딛는다.

"저기… 오늘 도움 받은 것에 대해, 언제 정식으로 사례를 하고 싶네요!"

등 뒤, 그녀의 목소리에서 미처 가시지 않은 당황이 느껴진다. 그러나 철민은 이미 정리를 끝낸 상황이다. 그는 걸음을 멈추지 않고 가볍게 고개만 가로젓는다. 그러고 보니 그는 지금껏 그녀에게는 한마디도 하지 않고 있었다.

"여보세요! 당신, 뭐 하는 사람이죠? 정체가 뭐냐고요?"

그녀의 물음이 조금쯤 날카로워진 느낌이다. '당신'과 '정체'라는 단어도 괜히 신경을 건드린다. 그러나 철민은 대답하지 않는다.

"노숙자는 아닌 것 같고, 혹시 허무주의자나 염세주의자, 뭐 그런 거예요?"

그녀가 외쳐 물었다.

철민은 조금 더 걸음을 빨리한다.

"호호호!"

짜랑한 웃음소리였다. 이어 그녀의 목소리는 문득 경쾌하게 변했다.

"어쨌든 고마웠어요! 잘 가요, 허무주의자 씨!"

'허무주의자?'

철민은 괜히 되새겨 보았다. 그리고 그 또한 그녀에게 한 가지 이름을 붙여본다.

'도도녀!'

그 유치함에 피식 실소하며, 철민은 걸음에 더욱 속도를 붙인다.

그는 호텔에 도착하고 나서야 정체를 되찾을 수 있을 것이다. 김철민으로!

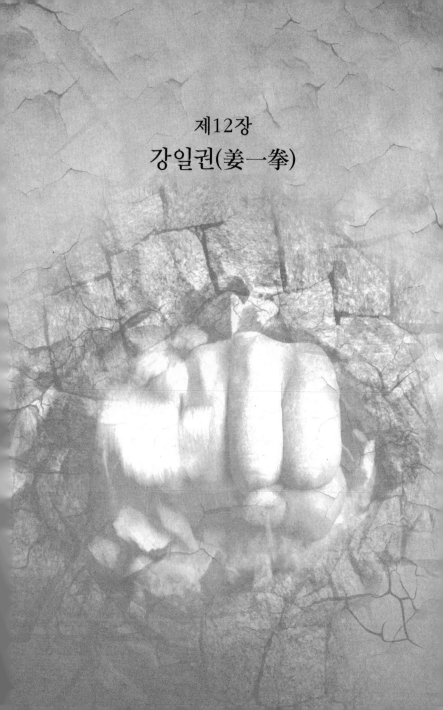

제12장
강일권(姜一拳)

작품(2)

초저녁부터 자려고 누웠지만, 철민은 도무지 잠이 오지를 않는다.

괜스레 답답해지면서, 울화 같은 게 자꾸만 차오른다.

누구에겐지 대상조차 모호한, 이해할 수 없는 울화다.

꾹꾹 눌러 참아보지만, 시간이 갈수록 울화는 심해지기만 한다.

그러더니 갑자기 난데없는 허기가 몰려온다.

당황스럽다.

그러나 허기를 굳이 참을 필요는 없다.

바로 손 닿는 곳에 먹을 것이 있다.

그녀, 도도녀가 사준 호떡이다.

아침나절의 그 이상하고도 비정상적인 상황에서 그를 덮쳤던 그놈의 허기는 참으로 변덕스러워서 한순간 그처럼 사람을 환장하게 만들더니, 허탈하게도 고작 꼬치 어묵 세 개만으로 진정이 되었었다.

그런 까닭에 그는 냄새만으로도 그를 도저히 참을 수 없도록 유혹했던 호떡을, 막상 손도 대지 않고 봉투째 침대 머리맡에다 던져두었던 것이다.

호떡은 차갑게 식은 채 열 개가 한 덩어리로 되어 딱딱하게 굳어 있었다.

그럼에도 한 입을 베어 물었는데, 순간 절로 인상이 팍 쓰인다.

"이런, 제~ 엔~ 장!"

입안의 것을 도로 뱉고 싶었지만, 먹을 것에 대해 지켜야 할 최소한의 예의로 그는 씹다 말고 그 '한 입'을 꿀꺽 삼켜 버린다.

문득 깨달아지는 게 있다.

그의 이 허기가 양으로 채워질 수 있는 게 아니라는 사실이다.

맛이다. 이런 형편없는 맛이 아닌, 절실하게 그를 만족시킬 만한 맛!

갑자기 맹렬한 욕구가 솟구친다.

뭔가가 먹고 싶어진다. 지금 당장 그것을 찾아서 달려 나가지 않으면 안될 만큼 절실하게!

'이런, 빌어먹을!'

갑작스럽게 절실해진 그 맛은 바로 어묵이었다.

그것도 낮에 노점에서 먹었던 바로 그 꼬치 어묵이어야만 했다.

'젠장! 염병!'

참으로 어이없게도 그는 또다시 이상하고도 비정상적인 상황에 몰리고 있는 중이다.

기껏 어묵 꼬치 몇 개를 사먹겠다고, 그곳까지 다시 간단 말인가?

그러나 어쩌랴? 당장 먹지 않으면 미치고 말 것 같은 이 허기진 욕구를!

철민은 이부자리를 박차고 일어난다.

이번에도 역용에 대한 충동이 있었다. 이상하고도 비정상적인 상황에 걸맞게!

그러나 철민은 애써 충동을 누른다.

아침나절에 곤란을 겪은 바 있으니, 이번에는 간단히 옷도 갈아입고 돈도 단단히 챙긴다.

어느덧 밤 10시가 넘어가고 있다. 이제 두어 시간만 더 지나면 또 새로운 하루가 시작될 것이다.

　　　　　*　　　　*　　　　*

'이러~ 언? 개 같은 경우가?'

노점이 없다. 오전나절에 호떡과 꼬치 어묵을 팔던 트럭이 통째로 사라졌다.

철민은 졸지에 멍해지고 만다.

허기가 아예 패악이라도 치는 듯 극성을 부려댄다.

그러나 그 어묵 꼬치 외에는 다른 무엇으로도 이 지랄 맞은 허기를 달랠 수 없을 것 같다.

이대로 호텔로 돌아갈 마음은 더더욱 아니다.

가까이에 지하철역이 보인다.

그는 털레털레 지하철역으로 내려가는 계단을 걷는다.

사람들로 붐비는 곳에서 휩쓸려 다니기라도 하다 보면 허기가 좀 잊힐까 하는 바람이다.

지하 통로를 따라 한참을 걸어가는 와중에 문득 화장실이 그의 눈에 들어온다.

순간 그는 갑자기 강렬한 충동을 느낀다.

배설의 욕구는 아니다.

허기를 메울 만큼 강렬한 그것은 바로 역용에 대한 충동이다. 아니, 자유에의 갈구다. 어떤 구애도 받지 않는 자유로움에 취해 보고 싶은 욕구!

화장실 안에 사람이 없는 걸 확인하고 철민은 세면대의 거울 앞에 선다.

먼저 작품 1!

그러나 그 호감형의 얼굴이 지금은 왠지 마음에 들지 않는다.

다시 작품 2!

갸름한 턱 선과 찢어진 눈, 날카롭다 못해 냉정하고 잔혹해 보이기까지 하는 인상!

좋다. 그 얼굴이 마음에 든다.

지하철이 들어오고 있다.

철민은 무작정 타고 본다.

어디로 가는 열차인지는 어차피 관심이 없다.

강일권(姜一拳)

철민은 마음이 내키는 역에서 내렸다.

제법 외곽쯤인지 공기부터가 시내와는 다르게 느껴진다.

한결 숨통이 트이는 듯하다.

무작정 걷다가 어느 낯선 거리의 구석진 골목 모퉁이에서 그는 걸음을 멈춘다.

포장마차가 한 대 서 있다.

손님은 없다. 졸고 있었던지, 혹은 작품 2의 날카로운 인상 때문인지 중년의 주인장은 잠깐의 멈칫거림 끝에야 걸걸하게 갈라진 목소리를 뱉어낸다.

"어서 오십시오!"

그는 소주 한 병과 적당히 안주를 시켜놓고 느긋하게 즐긴 다.

김철민이 아닌, 세상에 첫걸음을 하는 작품 2로서의 자유 를!

아무도 모르게 누리는 비밀스러운 일탈을!

맘껏 무책임해도 좋을 것만 같은 불량스러운 방종을!

이런저런 생각에 하염없이 빠져들다 보니, 어느새 술을 꽤 나 마신 것 같다. 빈 소주병이 네 개나 된다. 철민은 계산을 하고 포장마차를 나선다. 얼큰하게 취기가 올라왔지만 그다지 취한 것 같지는 않다.

골목길이 세 갈래로 갈라지고 있다. 그는 그중 한적해 보이는 쪽을 택해 다시 걷는다. 아무 생각도 하지 않고 무작정 걸을 참이다. 어떻게 호텔로 돌아갈지, 혹은 돌아갈지 말지 따위에 대해서도 마찬가지다. 그런 게 문제가 되겠다 싶을 때, 다시 고민을 해보면 될 일이다.

얼마간 걷고 있는데, 갑자기 소변이 급해졌다. 주택가의 한적한 골목길이다. 화장실이 있을 만한 상가나 가게는 보이지 않는다. 포장마차로 되돌아가 화장실을 물어볼까? 그러기에는 너무 멀리 왔다. 그는 차라리 으슥한 곳을 찾아보기로 한다. 이미 충분히 한적한 골목길이지만, 조금 더 으슥한 곳을!

골목의 풍경은, 양쪽으로 빽빽이 차들이 주차되어 있는 모습으로만 계속 이어지고 있다. 그는 더 이상 참기가 힘들다. 참아야 한다는 것에 대한 반발마저 생긴다.

'그냥 아무 데나 갈겨 버릴까?'

그런 데까지 생각이 달려가는 중인데, 마침 앞쪽에 전봇대가 하나 나타난다. 전봇대가 길로 조금 나와 선 까닭에, 그 부근만큼은 주차가 되어 있지 않았다. 또한 전봇대의 그림자가 투박한 시멘트 담벼락까지 늘어져 있기에, 그 그림자 속으로 서면 몸 하나 가릴 만큼은 충분할 듯싶다. 그는 얼른 전봇대의 그림자 속으로 들어선다. 그리고 담벼락에 바짝 붙어 서서

서둘러 바지를 깐다.

좌아아~!

잔뜩 참은 뒤끝이라 오줌 줄기가 담벼락을 때리는 소리가 제법 세찼다.

"흐흐흐!"

괜히 웃음이 새어 나왔다. 수컷으로서의 원초적인 만족이 랄까? 혹은 김철민으로서는 차마 하지 못했을 행위를, 별 거리낌도 없이 저지르고 있다는 방종의 쾌감이랄까?

그런데 그때다. 저만치 앞쪽 골목이 다시 갈라지는 즈음에서 인기척이 들린다. 누군가 오고 있다.

'끊어? 마저 싸?'

순간적으로 갈등이 인다. 그러나 그는 결국, 지금의 이 방종을, 방종이 주는 쾌감을 포기하지 않는 쪽을 택한다. 그는 몸을 구부정하게 움츠려 전봇대의 그림자 속으로 더욱 완전하게 집어넣는다. 그리고 한 손으로 담을 짚고, 짐짓 흐느적거리는 모양새를 취한다.

'나는 지금 술에 떡이 되어 있는 중이올시다. 그러니 적당히 못 본 체하고 지나가시오!'

그런 호소다. 아니, 시위다.

인기척이 가까워진다. 그리고 이윽고 철민을 발견했는지, 인기척은 멈칫하는 느낌이다. 그러나 철민의 기대대로, 인기척은 얼른 발걸음을 빨리하며 지나쳐 간다.

부르르!

철민은 기세 좋게 온몸을 떨었다. 진저리 쳐지는 배설의 쾌
감이다.

바지를 갈무리하고 나서, 그는 그제야 골목 반대쪽을 돌아
본다. 아가씨 하나가 종종걸음으로 멀어져 가고 있다. 그는
쓴웃음을 지으며 시선을 거둔다. 그러나 그는 문득 흠칫 놀라
며 다시금 아가씨의 뒷모습을 시선으로 좇는다.

'아……!'

내심 무거운 탄식이 뱉어진다.

검은색 스포츠 패딩에 스키니 진, 그리고 운동화 차림! 조
금 큰 키에 마른 체형까지! 익숙한 모습이다.

그것 때문이다. 방금 그가 소영이를 떠올리고 만 것은!

그는 서둘러 시선을 거두며 머리를 세차게 흔들었다. 아무
래도 취한 모양이다. 소용도 없는 회상에 잡아끌리고 만 걸
보면 말이다.

이제는 돌아가야 할 시간이다.

이런 곳, 이런 상황과는 결국 어울리지 않는 원래의 그로!

김철민으로!

"아악!"

비명이 들린 것은 철민이 막 전봇대의 그림자에서 벗어날 때였다. 다급한 느낌이었지만, 제대로 질러내지도 못하고 끊겨 버리는 비명이었다.

철민은 반사적으로 소리가 난 쪽을 돌아본다. 외등의 불빛에서 소외되어 어둑한 쪽이다.

그곳에서는 지금 작은 실랑이가 벌어지고 있다. 남자 둘이서 여자 하나를 주차된 차의 뒷좌석에다 강제로 태우려 하고 있다.

만약 그 여자가 좀 전에 보았던 그 아가씨가 아니었다면, 그 아가씨에게서 잠깐 소영이를 회상하지 않았더라면 철민은 굳이 그 일에 간섭할 생각까지 하지는 않았을지도 모른다.

"이봐요! 거기 무슨 일입니까?"

철민이 그쪽을 향해 뛰어가면서 일단 소리부터 쳤다.

두 남자는 곧장 당황하는 모습이었다.

철민은 금방 그곳에 다다른다.

그때 그 차의 운전석 문이 열리더니, 가죽 잠바 차림의 또다른 사내 하나가 내리며 철민의 앞을 가로막아 선다.

"어이! 댁하고 아무 상관없는 일이니까, 그냥 곱게 가던 길이나 가쇼!"

가죽 잠바 사내가 위압적으로 목소리를 깔았다.

그때였다.

"도와주세요! 읍……!"

여자였다. 힘없는 목소리였고, 그나마도 중간에 입이 틀어막히고 말았지만, 여자의 목소리는 다급하고도 간절했다. 그리고 그것으로 철민이 잘못 개입했을 가능성은 없어졌다.

"당신들, 지금 무슨 짓을 하는 거요?"

철민이 가죽 잠바를 비켜서 여자가 있는 쪽으로 가려 한다.

"어이! 당신, 뭐야? 그냥 곱게 가래잖아?"

가죽 잠바가 성큼 걸음을 옮겨 다시금 가로막으며 거칠게 뱉었는데, 그 기세가 사뭇 험악하다.

철민은 문득 상기했다. 그가 지금 작품 2라는 사실을! 놈보다 얼마든지 더 험악할 수 있는 것이다.

"내가 뭐냐고?"

철민은 천천히 반문했다. 그리고 느긋하게 스스로 답한다.

"나, 완빤치!"

가죽 잠바의 미간이 설핏 좁혀지더니, 이어 어이없다는 듯이 피식 실소한다. 그러고는 다시 태도를 돌변시킨다.

"나 참! 별 병신 같은 새끼가 다……? 야, 이 새끼야! 콱 죽여 버리기 전에……."

그러나 가죽 잠바는 말을 채 맺지 못했다.

철민이 놈의 관자놀이에 가볍게 한 방을 꽂아준 까닭이다.

가죽 잠바가 비명도 지르지 못하고 풀썩 주저앉는 걸 본

다른 두 놈이, 아가씨를 놓아둔 채 철민에게로 다가든다. 그런 중에 한 놈은 뭔가를 꺼내 들고 있다. 칼이다. 칼날의 길이만 한 뼘이 넘어 보인다.

철민은 천천히 뒷걸음질을 쳤다. 두려워서는 아니다. 놈들을 아가씨에게서 떼어 놓기 위해서다.

철민이 골목 가운데 쪽으로 놈들을 이끌어가는 와중에 아가씨에게 눈짓을 준다. 그럼에도 아가씨는 차 옆에서 선 채부들부들 떨고만 있더니, 철민이 두어 차례나 더 눈짓을 준 뒤에야 겨우 정신을 수습하였는지 휘청거리며 허겁지겁 도망을 친다.

철민이 처음에는, 한 놈이 꺼내 든 칼에 반사적으로 당황했다. 그러나 그것은 짜릿한 흥분이었다. 작품 2로서 가져보게 되는 흥분이다. 그의 내부에 응축된 힘과 능력을 아무런 거리낌 없이 사용해도 무방하리라는 데서 오는! 그리고 그는 이내 덤덤해졌다.

"죽여 버려! 그 새끼!"

차 옆에 쓰러져 있던 가죽 잠바가 겨우 몸을 일으키며 악을 썼다.

그것이 신호라도 된 듯이 두 놈이 칼을 휘두르며 철민을 덮쳐온다.

철민은 차라리 관찰자가 된 느낌으로 느긋하게 지켜본다.

슬비였다. 새로운 형태의, 혹은 다시 진화한 형태의 슬비랄까? 그가 지금 굳이 슬비를 펼치려고 집중과 몰입을 하지 않고 있는데도, 저절로 슬비가 펼쳐지고 있다는 점만으로도 그랬다.

다만, 그 느림의 정도에 있어서는 본래의 슬비만큼은 아니다. 굳이 수치화하자면, 기존에 그가 집중하여 펼쳤던 슬비에 비하자면 대략 20~60% 정도랄까? 그렇게 범위를 주는 것은 그로서도 지금 처음으로 경험을 하고 있는 것이지만, 약간의 의지로 얼마간의 속도 조절이 가능하기 때문이다. 조금 더 느리게, 혹은 조금 더 빠르게!

그러나 그 정도만으로도 그는 사뭇 여유 있게 놈들의 움직임을 그의 지배하에 두고 있다.

더불어 그의 머릿속으로는 지금 각종의 요결들이 순간순간 넘실대고 있는 중이다. 치고, 차고, 꺾고, 조이고, 메치고, 던지고… 그러나 당장 그런 것들을 적용해 보고 싶은 의욕은 없다.

철민은 가볍게 사내들의 관자놀이를 친다. 두 놈이 차례로 풀썩풀썩 바닥으로 주저앉는다. 철민은 느긋하게 몸을 돌린다.

차에 기댄 채 멍한 표정을 짓고 있던 가죽 잠바가 철민과 시선이 맞닥뜨리자 그대로 얼어붙고 만다.

"죽여 버리라고 했니?"

철민이 놈을 향해 천천히 물었다.

가죽 잠바는 감히 대답하지 못한다.

철민이 가죽 잠바의 앞으로 마주서며 나직이 속삭여 준다.

"내가 죽여 버릴까, 너?"

가죽 잠바가 부르르 몸을 떤다.

철민이 놈의 무릎 한 뼘쯤 위를 발뒤꿈치로 찍어 찬다. 거기쯤에 급소가 있다는 건, 저절로 알아진 것들 중의 하나다.

"악!"

짧은 비명을 토하며 풀썩 주저앉더니, 가죽 잠바는 다급하게 애원을 쏟아낸다.

"죄송합니다! 잘못했습니다!"

순간 철민은 불쑥 충동에 사로잡힌다.

"죄송하다고? 잘못했다고? 그래서 용서해 달라고? 한 번만 봐달라고?"

철민은 다시 가죽 잠바의 어깨를 다시 내리찍는다.

가죽 잠바는 작대기에 맞은 개구리처럼 납작 퍼져 버린다.

철민이 그런 놈의 양 옆구리와 이어 몸 구석구석을 발끝으로 툭툭 차나간다.

가죽 잠바는 비명도 제대로 뱉지 못한다. 하얗게 질린 채 온몸을 꼬고 뒤트는 것으로 극한의 고통을 호소하고 있다.

이윽고 놈의 코와 입에서 피거품이 비쳐 나오는 것을 보고 나서야 철민은 멈춘다. 아니, 겨우 멈출 수 있었다. 그는 길게 심호흡을 하며, 마음속에 팽배한 극단의 잔인함을 천천히 추스른다.

"살려… 주십시오! 제발… 살려 주십시오!"

겨우 숨통이 트인 가죽 잠바가 절박하게 울부짖었다.

"가라!"

철민이 나직하게 외쳤다.

한쪽 옆에서 감히 도망칠 엄두도 내지 못하고 공포에 떨고 있던 두 놈이 재빨리 다가와 바닥에 널브러진 가죽 잠바를 일으켜 세운다. 그리고 서둘러 차에 태운다.

부우~ 웅!

차가 급가속하며 쏜살같이 사라진다.

차량의 붉은색 후미등 불빛이 완전히 사라질 때까지 지켜보고 있다가, 철민은 길게 한숨을 내쉬었다.

'내가 뭘 한 거지?'

스멀거리며 자책감이 생겨난다.

놈들의 짓거리야 비열하기 짝이 없는 것이지만, 그래도 그가 그들에게 가한 징벌은 너무 지나쳤다. 특히 가죽 잠바의 사내에게는 고문이라고 할 만큼 잔인을 가하여, 거의 초죽음을 만들어 놓지 않았는가?

그러나 곧 반발이 생긴다.

'그게 어쨌다는 말인가? 양아치 놈들이 제멋대로 못된 짓거리를 하듯이, 나 또한 내 기분대로 놈들을 응징할 수도 있는 문제 아닌가? 법이 있지 않냐고? 웃긴 소리다. 놈들은 법 따위를 겁내지 않는다. 놈들이 겁내는 건, 자신들보다 더 강하고 독한 존재다. 놈들보다 더 잔혹할 수 있는, 바로 작품 2와 같은 존재!'

그리고 다시 불쑥 다가오는 건 자기합리화의 과정이다.

'어쨌든 내가 아니지 않았는가? 김철민이 한 일이 아니지 않은가?'

그러나 그 자리를 떠나면서도, 씁쓸한 뒷맛은 좀처럼 떨쳐지지 않는다. 철민은 애써 새로운 흥밋거리 하나를 만들어낸 것은 그런 까닭이다.

이름 짓기다. 작품 2를 위한!

완빤치 = 한 방 = 일권(一拳)

그럼 김일권?

아무래도 좀… 촌스러운 느낌이다. 흔한 이름 같기도 하고!

그리고 김철민과는 엄연히 다른 존재인데, 굳이 김 씨일 이유는 또 뭐란 말인가?

김이 아니면? 이? 박? 강?

강……? 강일권? 강한 일권? 강한 한 방? 강한 완빤치?

느낌이 꽤 괜찮은데? 좋다! 강일권으로 하자!

그렇게 해서 작품 2는 강일권(姜一拳)이 되었다.

할 수 있는 데까지 해보는 거다!

호텔로 돌아온 철민은 새벽녘까지 잠을 이루지 못하고 깊은 고민에 잠겼다.

갑자기 생긴 고민은 아니다.

진작부터 그의 가슴을 터질 듯이 답답하게 만들고 있는 고민이다.

이제 한 가지의 결론은 분명히 내릴 수 있다.

그냥 아무 일 없었던 듯이 살아가는 건, 결국 불가능하다는 결론!

예전의 평범한 삶으로 돌아가기에는, 그가 이미 겪어버린 일들이 너무도 끔찍했다.

너무도 참혹한 고통과 공포를 겪어 버린 것이다.

가슴에 처절하게 맺힌 건 또 있다.

짱이다.

그때 짱은 왜 그랬을까?

기껏 초등학교 동창에 불과한데, 별로 친하지도 않았고 별명 하나를 붙여 주었다는 것 말고는 딱히 특별한 인연이랄 것도 없는데, 왜 위험한 줄 알면서도 기꺼이 돕겠다고 나선 걸까?

못 하겠다고, 내가 왜 그런 위험한 일에 끼어드느냐고, 간단히 거절할 수도 있었을 텐데!

그랬더라면 짱은 조폭이건 말건, 비루한 삶이건 말건, 어쨌든 나름대로의 한 세상은 다 살고 갔을 것 아닌가?

결국 짱은 가 버렸다.

시신도 남기지 못한 채!

그러나 짱의 죽음을 유일하게 목격한 그는, 그 사실을 세상에 알리는 것조차 못 하고 있다.

그럼으로써 그는 짱에게 감당하지 못할 무거운 빚을 지고 있는 것이다.

목숨의 빚을!

치 떨리는 분노가 스멀거리며 올라온다. 가슴 밑바닥 깊은 곳에서부터 울려 나오는 떨림이다.

되돌려주고 싶다. 내가 겪었던 그 끔찍한 고통과 공포 그대로를!

짱의 죽음에 대한 목숨의 빚도 받아내고야 말 것이다. 무슨 수를 써서라도, 반드시!

그러지 않고는 앞으로 남은 삶을 살아갈 계기와 의미를 찾지 못할 것이다.

"무슨 수를 써서라도?"

철민은 가만히 반문해 보았다.

그가 이미 가지고 있는 것도 있다. 심결을 기반으로 점차 강해지고 있는 힘! 그리고 돈!

물론 그것들만으로 당장에 복수와 응징에 나서기에는 충분치 않을 것이다.

그러나 계속 미루고 있을 수만은 없다.

무력하게 아무것도 하지 못하고 있는 스스로를, 더 이상은 용납할 수가 없다.

시작해야만 한다.

철민은 이윽고 고민을 끝냈다.

무엇이 되었든 일단 시작해 보는 거다!

그리고 할 수 있는 데까지 해보는 거다!

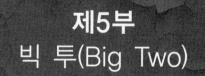

제5부
빅 투(Big Two)

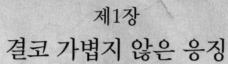

제1장
결코 가볍지 않은 응징

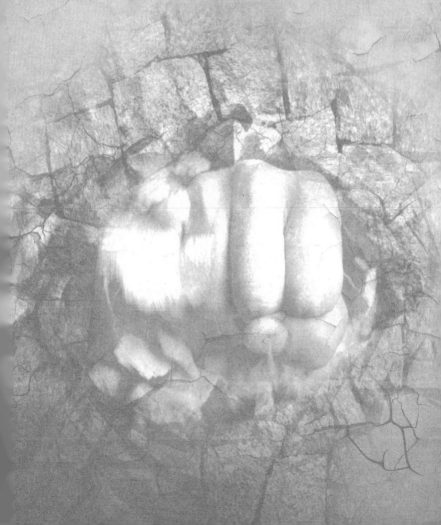

단 한 조각의 염원마저도 가질 수 없게 되다

철민은 신길동 변두리의 허름한 상가 건물을 지켜보고 있는 중이다. 그때 황유나를 납치한 자들이 있던, 그리고 그가 짱의 죽음을 대면했던 바로 그곳이다.

한상운에게 이미 들은 바 있지만, 그곳의 모습은 좀 달라져 있다. 그의 기억 속에서 상가 지하로 내려가는 통로를 가로막은 노란색의 플라스틱 펜스와 거기에 달려 있던 '차량 절대 진입 금지!'라고 커다란 글씨로 적힌 푯말이 여전히 선명하지만,

지금 그것들은 사라지고 없다.

지하의 내부도 마찬가지다. 깨끗하게 도색을 하고 선명하게 주차선이 그어진 가운데 여러 대의 차들이 주차되어 있어서, 이전의 광경을 떠올리기 어렵기는 마찬가지다.

그렇더라도…….

그때 짱이 그랬었다. 놈들 중 그가 아는 얼굴이 있는데, 바로 이 구역에서 노는 놈이라고!

철민이 요즘 매일이다시피 이곳을 찾아와서 몇 시간씩이나 상가와 주변 골목들을 지켜보고 있는 이유다.

어느덧 사방에는 어둠이 깔리기 시작하고 있다.

철민이 내일을 기약하고 그만 철수하려 할 때, 마침 상가 왼편으로 난 골목길 저편에서 사내 하나가 걸어오고 있다.

한순간 철민은 긴장하고 만다.

큰 키에 스포츠머리!

철민은 안력을 집중한다.

그리고 그는 분명히 알아볼 수 있었다.

'그자다!'

그자였다.

그때 그에게 물건을 받기 위해 명동 S백화점 1층 햄버거매장에 나타났으며, 이후 상가 지하에서도 얼굴을 보았던 그놈!

껄렁껄렁 걸어오는 놈에게로 철민이 마주 걸어가다가 실수인 척 툭 어깨를 부딪친다.

힐끗 철민을 살핀 놈이 눈알을 부라린다.

"뭐야, 새꺄?"

놈이 대뜸 욕지거리다.

"아… 이거 미안합니다!"

철민이 허리를 숙이는 척한다. 그러고는 그대로 놈의 명치에다 주먹을 지른다.

"헉!"

놈은 대번에 얼굴이 하얘지며 주저앉으려는 모양새다.

철민이 어깨동무라도 하듯이 자연스럽게 놈을 부축한다. 그리고 재빨리 상가 지하로 데리고 내려간다.

철민은 일단 패기 시작한다. 모질고 독하게 주먹질과 발길질을 하면서도 그는 차라리 차갑고 냉정하다. 어딜 어떻게 때려야 고통이 더해지는지에 대한 요결은 이미 넘칠 만큼 충분하다.

놈은 영문도 모르는 채, 그리고 비명조차 제대로 지르지 못한 채 무너져 간다. 그리고 이윽고는 절박한 죽음의 공포에까지 다다른 것 같다.

그제야 철민은 폭력을 멈춘다.

"허… 억… 허… 윽… 제… 발… 제발… 살려… 주십… 시
오!"

제대로 나오지도 않는 목소리로 놈이 애원했다.

철민은 덤덤하게 묻는다.

"이름?"

"서주호! 서주호입… 니다!"

놈이 다급하게 대답했다.

"어디 소속이야? 조직 말이야!"

"종수… 종수파입니다!"

"나 알지?"

"모르… 겠습니다! 죄송… 합니다! 죄송합니다!"

놈이 큰 잘못이라도 저지른 듯 다시금의 공포를 떠올리며
두 손을 모았다.

철민은 설핏 자각한다. 그가 지금 다른 얼굴이라는 것을!
김철민이 아닌 강일권이란 것을!

"몇 달 전에 너희들, 사람 납치했던 적 있지?"

"예……?"

서주호가 움찔 놀라는 기색으로 되었다.

순간 철민은 놈의 명치에다 가볍게 한 방을 꽂아준다.

"큭!"

놈의 숨이 끊어진다. 잠시 후, 놈은 끊어졌던 숨을 겨우 되돌리며 다급하게 말을 토해낸다.

"있… 습니다. 두 사람… 남자 하나… 여자 하나입니다."

"그때 여기에 있던 놈들이 누구누구인지, 누가 뭘 어떻게 했는지, 네가 본 그대로 하나도 빼놓지 말고 다 얘기해!"

철민이 담담하게 말했다.

서주호는 즉시로 기억을 쥐어짜 내기 시작한다. 방기열과 오종수, 중호와 방주에 대한 얘기가 차례로 나온다.

그들에 대한 대강의 인상착의를 듣는 것만으로도 철민은 자신의 기억과 어렵지 않게 매치를 시켜볼 수 있었다.

그러나 서주호의 얘기는 금방 바닥을 드러낸다. 중호와 방주의 정체에 대해서는 아는 것이 없었고, 직계도 아닌 방계의 한참 밑 서열인 탓에, 오종수에 대해서조차도 아는 게 많지 않았다.

짱에 대해서도 방기열과 싸움 끝에 쓰러진 것 같은데, 그때 자신은 지하 주차장 통로 쪽에서 경계를 서고 있던 중이라 직접 보지는 못했고, 나중에 피를 흘리는 채로 쓰러져 있는 짱을 나무박스 안으로 옮기는 일을 거들기만 했다고 했다.

"박성철은 어떻게 되었지?"

그렇게 묻고 나서, 철민은 문득 숨 막히는 긴장 속으로 빠져들고 말았다. 절절한 기원이기도 했다. 짱이 죽지 않았다는 대답을 들을 수 있기를!

"그게… 나무 박스에다 넣을 때까지만 해도 살아 있었는데, 나중에 다시 박스를 열어 보니까… 죽어 있었습니다."

'아아!'

철민의 눈앞이 온통 하얗게 탈색된다. 짱의 죽음은 그 스스로도 이미 확신하고 있던 바다.

그러나 그는 마지막 한 가닥의 염원은 차마 버리지 못하고 있는 중이었다. 그의 확신이 틀리기를! 제발 틀리기를! 어떤 상황, 어떤 모습이라도 좋으니, 어딘가에 살아만 있기를! 제발 살아만 있기를!

그러나 지금 확인하고야 만 것이다. 짱이 정말로 죽고 말았다는 엄연한 사실을! 그럼으로써 이제 그는 단 한 치의 여지도, 단 한 조각의 염원마저도 가질 수가 없게 된 것이다.

철민이 참담한 절망을 겨우 추스르며 다시 묻는다.

"그의 시신은… 어떻게 했지?"

"그건… 그들이 차에 싣고 갔기 때문에, 저는 잘… 모릅니다."

철민은 두 주먹을 쥐어짜듯이 움켜쥔다. 절망의 등을 타고 극렬한 분노가 끓어오른다. 모조리 죽여 버리고 싶다.

철민에게서 섬뜩한 살기를 느껴졌던지, 서주호가 부르르 몸을 떨며 몸을 움츠린다.

철민은 이를 악물며 냉정을 되찾는다.

"앞장서라!"

"어디를……?"

"방기열에게로 간다!"

결코 가볍지 않은 응징

철민이 서주호를 앞세우고 15분쯤 걸어서 도착한 곳은, 칙칙하게 때가 탄 회색빛 외관의 7층짜리 오피스텔이었다.

방기열은 이곳 오피스텔에 사무실을 얻어서, 주변 일대의 노래방과 유흥주점에 도우미들을 공급하는, 소위 보도방을 운영하고 있는 중이라고 했다.

오피스텔 건물을 확인하고 난 철민은 건물 옆의 좁은 골목 안으로 서주호를 데리고 갔다. 그가 말없이 주먹을 들어 보이자, 안 그래도 으슥한 분위기에 불안을 감추지 못하는 모습이던 서주호가 그대로 사색이 된다.

"왜… 왜 이러십니까? 제가 무슨 잘못이라도……?"

철민은 간단한 운기로 주먹에 내력을 돌린 다음, 가볍게 시멘트벽을 친다.

퍽!

시멘트벽의 한 곳이 움푹 꺼져 들어갔다.

순간 서주호의 두 눈이 부릅떠진다.

철민이 나직이 뱉는다.

"너의 머리통도 간단히 이렇게 만들어줄 수 있어. 허튼수작 부릴 생각하지 말라는 뜻이다."

서주호의 얼굴색이 대번에 창백해진다. 넙죽 허리를 숙이며 그가 다급하게 말한다.

"그런 일 절대, 절대로 없습니다. 믿어주십시오!"

철민은 서주호를 앞세우고 오피스텔 안으로 들어섰다. 엘리베이터를 타고 4층에서 내려 왼쪽 끝, 410호가 방기열의 사무실이다. 바로 옆 비상계단 쪽으로 붙어 서며 철민이 눈짓하자, 서주호가 곧장 벨을 누른다.

딩~ 동!

안으로부터는 아무런 반응이 없다. 서주호가 다시 연속하여 벨을 누른다.

딩~ 동! 딩~ 동! 딩~ 동!

그제야 안에서 인기척이 나더니, 잠시 후 조금은 신경질적인 톤의 목소리가 인터폰을 통해 흘러나온다.

—무슨 일이야?

목소리의 주인은 서주호를 알고 있는 듯하다.

"기열 형님 계시죠? 급한 일이 좀 생겨서 보고를 하려고 왔는데⋯⋯."

서주호가 적당히 둘러댔다.

안에서는 잠시 뜸을 들이는가 싶더니,

철컥!

기계음과 함께 문이 열렸다.

철민은 서주호의 뒤로 붙어 섰다가 한순간 그의 등을 밀며 안으로 진입한다.

"어, 뭐야?"

안에 있던 청바지 차림의 30대 사내가 갑자기 들이닥치는 철민을 보고 놀라 외쳤다.

팍!

철민의 한 방이 그대로 사내의 관자놀이에 꽂힌다.

사내는 비명도 지르지 못한 채 바닥으로 고꾸라진다.

"뭐야?"

"무슨 일이야?"

안쪽에서 놀란 소리들이 잇달아 난다.

사내 둘이 달려 나왔고, 철민이 차분하게 맞아 나가며 좌우 펀치를 날린다.

파~ 팍!

한 방에 하나씩. 사내 둘이 동시에 풀썩 쓰러진다.

철민은 재빨리 실내를 훑어본다. 침대와 소파, 긴 테이블이 보인다. 테이블 위에는 전기선들이 어지럽게 얽혀 있고, 10여 대의 휴대전화가 거치대에 꽂혀 있다.

테이블 주변으로는 대여섯 개의 의자가 무질서하게 있다. 그런 걸로 보아 적어도 서너 명이 일을 하고 있는 듯하다.

그리고 화장실 안에서 물소리가 들렸다. 누군가 샤워 중인 듯했는데, 아마도 방기열이리라.

"이자들을 묶어!"

철민이 서주호를 돌아보며 나직이 지시했다.

넋을 놓고 있던 서주호가 퍼뜩 정신을 차리며 허둥지둥 움직인다. 테이블 주변을 뒤져 투명 테이프를 찾아낸 그가, 쓰러진 세 사내의 손목과 발목을 차례로 결박한다. 그런 그의 손놀림은 제법 꼼꼼하고도 야무져서, 자신이 열심히 하고 있다는 걸 철민에게 보여주고자 하는 것처럼 보인다.

화장실에서 들리는 물소리는 여전하다. 철민은 서주호에게서 테이프를 건네받아 결박당한 세 놈의 입을 봉하고, 더하여 눈에까지 테이프를 붙여 버린다. 그리고 그는 다시 서주호에게 지시한다.

"돌아서라!"

"왜… 그러십니까?"

서주호는 대번에 공포에 질리고 만다.

철민이 담담하게 말한다.

"결박만 해둘 테니까, 얌전히 있어!"

안도인지, 자포자기인지 서주호는 가늘게 떠는 모습으로 두 손을 등 뒤로 돌린다.

철민이 서주호의 손목과 발목을 결박한다. 이어 그는 다른 자들에게 했던 것과 마찬가지로, 서주호에게도 역시 입과 눈에까지 꼼꼼하게 테이프를 붙인다.

화장실에서 나는 물소리가 잦아들고 있다.

철민이 재빨리 화장실문 옆으로 붙어 선다.

이윽고 문이 열리며 팬티만 걸친 차림의 사내 하나가 밖으로 나온다.

비대하리만큼 우람한 덩치와 굵은 얼굴 선, 특히 투 블록 스타일의 머리에서, 철민은 사내가 바로 방기열임을 알아챘다.

"어……? 너, 누구냐?"

조금 늦게야 철민을 발견한 방기열이 의아해한다. 그리고 그는 곧바로 경계했다.

철민이 단번에 거리를 좁히며 펀치를 날린다. 관자놀이에 정확하게 꽂힌 단 한 방!

방기열의 우람한 덩치가 맥없이 허물어진다.

철민이 다시 쓰러진 놈의 뒷덜미를 발뒤꿈치로 찍어버린다.

놈은 그대로 바닥에 뻗어서는 아예 움직임이 없다.

철민이 놈의 양팔을 등 뒤로 돌려 어깨에서부터 허리까지 테이프로 겹겹이 감은 다음, 다시 발끝에서부터 허리까지 테이프로 촘촘히 감는다.

놈은 마치 거미줄에 칭칭 감긴 애벌레처럼 되고 만다.

철민이 잠시 기다리자,

"끙!"

된소리를 내며 방기열이 힘겹게 깨어난다.

철민이 발뒤꿈치로 놈의 명치를 내리찍는다.

"커… 헉!"

놈이 숨 끊어지는 비명을 토해내곤, 격렬한 고통에 몸부림 친다. 그리고 한동안이 지나고 나서야, 놈은 겨우 숨을 돌린 다.

"너… 너, 이 새끼……!"

여전히 고통에 겨워하면서도 놈은 욕지거리부터 뱉어냈다.

철민은 차라리 희미한 웃음기를 떠올린다.

놈이 독기를 뿜어내며 아물린 잇소리를 뱉어낸다.

"야, 이 개새끼야? 너, 도대체 누구냐?"

철민이 그런 놈의 얼굴을 그대로 걷어차 버린다.

퍽~!

놈의 얼굴이 대번에 피투성이로 변한다. 그러나 놈은 오히 려 성질이 폭발한 듯 악을 써댄다.

"개새끼……! 죽여 버린다?"

철민은 싱긋 웃어준다. 처음의 흥분은 이미 진정이 되었다. 그러나 분노는 더욱 활활 타오른다. 놈이 독종 행세를 하겠다면, 더욱 잔혹하고 잔인해지리라!

철민은 계속 악을 써대는 놈의 입에다 테이프를 발라 버린다. 그리고 아까 현관 구석에서 봐두었던 알루미늄 배트를 들고 온다.

놈의 눈빛이 설핏 흔들린다.

철민은 놈의 무릎을 후려갈긴다.

깡!

배트와 무릎의 부딪침에서는 차라리 경쾌한 쇳소리가 났다.

순간 놈의 두 눈이 찢어질 듯이 커졌다. 경련하듯이 온몸을 꿈틀거린다. 비명 대신 온몸으로 질러내는 처절한 몸부림이다.

퍽!

깡!

배트가 무차별적으로 놈의 몸에 떨어진다. 그때마다 간단히 살이 터지고, 뼈가 부러져 나간다.

철민은 조금도 사정을 두지 않는다. 놈이 죽어도 상관없다는 마음이다. 아니, 처음부터 죽여 버리겠다는 마음으로 이곳에 온 것이다.

펄떡거리는 전율로 놈은 참혹한 고통과 그보다 더한 극한의 공포를 표현해 내고 있다.

이윽고 놈이 잠잠해진다. 기절하고 만 것이다.

쫘~ 악!

따귀를 후려갈기자 방기열이 정신을 차린다. 그리고 놈은 곧장 사력을 다해 도리질을 친다. 놈이 표현할 수 있는 최선의 몸짓이리라.

철민은 무심한 눈빛으로 놈을 내려다본다.

놈은 눈빛에다 모든 간절함을 담아서 애원한다. 제발 그만 멈추라고! 제발 살려달라고! 사력을 다한 처절한 애원이다.

철민은 놈의 입을 막았던 테이프를 떼어준다.

"어흐흐~ 흑!"

놈이 억눌린 울부짖음을 한꺼번에 토해낸다. 피와 눈물과 콧물로 범벅이 된 몰골로, 놈은 그야말로 쓰레기처럼 널브러져 있다.

철민이 놈의 머리맡에다 의자 하나를 끌어다 놓고 앉는다. 그리고 천천히 묻는다.

"박성철 알지?"

순간 놈이 흠칫한다.

철민은 덤덤하게 덧붙인다.

"그가 어떻게 죽었는지, 누가 죽였는지, 자세히, 작은 것 하나도 빼놓지 말고 말해!"

"당신… 누구요? 누군데… 박성철이를?"

놈이 다급하게 물었다.

철민이 희미하게 웃으며 받는다.

"좀 더 놀고 싶은 모양이군? 그럼 다시 시작해 볼까?"

철민이 발아래 두었던 알루미늄 배트를 다시 잡는다.

방기열이 전율하며 즉각 반응한다.

"아닙니다. 아닙니다! 말하겠습니다. 자세히, 하나도 빼놓지 않고 다 말하겠습니다."

속사포처럼 빠르게 쏟아낸 말이었다.

철민이 무심한 빛으로 놈을 응시한다.

그러자 놈은 제 풀에 질리며 다급하게 말을 이어나간다.

"박성철이를 죽인 건 제가 아닙니다. 오종수… 예! 오종수가 죽였습니다. 종수파 두목 오종수, 바로 그자입니다. 제가 박성철이 하고 싸움을 한 건 맞는데, 오종수가 등 뒤에서 박성철이를 찔렀습니다. 그리고 칼에 찔린 박성철이를 계속 방치해 두는 바람에 결국 죽게 된 겁니다."

가슴이 묵직하게 짓눌려 오는 바람에, 철민은 잠시 틈을 두고 나서야 짧게 물을 수 있었다.

"시신은?"

"저도 나중에 오종수로부터 들었는데… 밀수하는 애들 쪽에다 부탁해서 먼 바다에 내다버렸다고……."

순간 철민은 맹렬한 살의에 휩싸인다. 그의 머릿속에서 몇 가지의 수법들이 스쳐 지나간다. 하나같이 일격으로 사람을 즉사시킬 수 있는 수법이다. 그가, 아니 그의 분노가 주문처럼 떠오른다.

'죽인다! 죽여 버린다! 죽인다! 죽여 버린다!'

그 처절한 살기에 방기열이 하얗게 질리고 만다.

"제발……!"

부들부들 떨며 방기열이 애원한다.

철민은 폭발직전의 살기를 겨우 추스른다.

"휴우~!"

길게 숨을 토해낸 철민은 애써 무표정을 짓는다. 그리고 다시 묻는다.

"그때 사람들을 납치한 이유는?"

"그… 중국말을 쓰는 중호와 방주라는 자들의 요구였습니다."

"그자들의 정체는?"

"그건… 저도 모릅니다."

철민의 미간이 설핏 좁혀진다.

그것만으로도 방기열이 소스라치며 다급하게 덧붙인다.

"오종수도 그자들에 대해서는 모르는 것 같았습니다. 다만 언젠가 지나가는 말로… '모든 게 다 그놈의 빌어먹을 영감탱이 때문'이라고 말을 한 적은 있습니다!"

"영감탱이? 누구를 말하는 거지?"

"저도 모릅니다. 정말입니다!"

방기열이 지레 강조를 했다.

그런 놈을 잠시 응시하고 있다가, 철민이 다시 묻는다.

"오종수는 지금 어디에 있지?"

그 질문에 대해 방기열은 자신이 최선을 다한다는 것을 보여주려는 듯 묻지 않은 설명까지 보태며 대답을 한다. 즉, 오종수가 평소 의심과 경계가 철저한 편이라고 전제부터 하고 나서, 웬만큼 가깝다는 측근들조차도 대개는 오종수가 자신이 관리하는 대여섯 개의 주점과 룸살롱, 그리고 숙박업소 등에다 간단한 생활공간을 갖춰놓고 그때그때 상황이나 기분에 따라 불특정하게 머문다고 알고 있지만, 사실은 주로 이용하는 은밀한 거처가 따로 한 군데 있다는 것이다.

오종수에 대해 몇 가지를 더 묻고 난 철민은 천천히 고개를 끄덕인다. 방기열이 그에게 말해줄 수 있는 것이, 이제 더는 없는 것 같다.

차갑게 가라앉는 철민의 눈빛에 방기열은 직감적으로 어떤 섬뜩함을 느낀 모양이다. 놈의 몸이 부들부들 떨리기 시작한다.

그런 놈을 지그시 응시하며 철민은 가만히 내력을 모은다. 그리고 손바닥을 넓게 펼친 채 놈의 심장 부위를 내리친다.

퍽!

방기열의 몸이 반듯이 누운 그대로 펄쩍 튕겨져 올랐다가, 다시 바닥으로 내려앉는다.

"끄으~ 윽!"

놈은 고통스러운 신음과 함께 가슴을 움켜잡는다.

창백하게 질린 놈의 입과 코로 검붉은색의 피가 흘러나오고 있다.

철민은 방기열의 입과 눈에 테이프를 붙이고, 현관 잠금장치의 비밀번호를 바꾼다. 오종수와의 일을 보는 동안 최대한 시간을 벌기 위함이었다.

철민은 결국 방기열을 죽이지 못했다.

다만 그 수법의 위력이 그가 이해한 것과 크게 다르지 않다면, 방기열은 앞으로 최소 몇 달간 병원 중환자실 신세를 져야 할 것이다. 그리고 이후로도 평생을 골골거리며 살아야 할 것이다.

놈에게서 정상적인 삶을 뺏어 버린 것이다.

그동안 힘으로 남을 핍박하며 살아오다가, 이제 남은 삶을 남들과의 시비를 두려워하며 살아야 할 것이다.

그것만으로도 결코 가볍지 않은 응징이 될 것이라고, 철민은 생각하기로 했다.

제2장
살인

살인

철민은 강일권이 아닌 김철민의 얼굴로 다시 돌아왔다.

짱을 죽인 자가 누구인지 확실해진 이상, 김철민으로서 복수를 하리라는 각오다.

영혼이란 게 존재한다면, 구천에서 떠돌고 있을 짱의 영혼에게, 친구 김철민으로서 복수하는 모습을 보여주고 싶다.

오종수의 은밀한 거처는 성북구의 후미진 주택가에 자리

잡은 5층짜리 원룸 건물이었다. 방기열에 의하면, 오종수가 건물의 실소유주로 1층에서 4층까지는 세를 주고, 5층은 넓게 틔워서 오종수 자신의 거처로 쓰고 있다고 했다.

원룸 건물의 5층은 불이 꺼져 있다. 철민은 재빨리 건물 안으로 들어가 계단을 오른다. 층을 오를 때마다 계단의 센서등이 저절로 켜진다. 4층까지는 가운데 좁은 복도가 있고 그 양쪽으로 호실 번호가 달린 방들이 나란히 있는 형태이더니, 5층은 입구부터 철문으로 단단히 막혀 있다. 5층 전체를 틔워서 쓴다고 하더니, 아예 입구에다 현관문을 달아놓은 모양새다. 다만 옥상으로 통하는 계단이 별도로 있기에 올라가 보았더니, 옥상으로 나가는 문은 잠겨 있고, 그 앞의 작은 공간에는 잡동사니가 쌓여 있다. 그리고 작은 창문이 하나 나 있는데, 그 옆쪽으로는 화재를 대비한 비상탈출용의 완강기가 설치되어 있다. 대강을 살피고 그가 계단을 내려오자, 다시 층마다의 센서 등들이 차례로 켜진다.

철민은 원룸 건물의 맞은편 골목에 서서, 다시 찬찬히 건물을 살핀다. 건물 외벽에는 가스관이 설치되어 있는데, 침입 방지를 위해서인지 2층까지는 가시가 촘촘히 박힌 철망이 감겨 있다. 그렇지 않다고 하더라도 5층까지는 쉽게 엄두를 내 볼 수 있는 높이가 아니다.

그러나 가장 큰 문제는 역시, 오종수가 지금 안에 없다는 것이다. 철민은 점점 초조해진다.

'방기열 일당이 누군가에게 구해져서 오종수에게 연락을 취한 것은 아닐까?'

그러고 보면 그는 방기열 일당에 대해 너무 신중하지 못했던 것 같다. 그러나 이제 와서 무슨 뾰족한 방법이 있는 것도 아니었으니, 그는 그냥 기다려 보기로 한다.

얼마나 기다렸을까? 시간은 벌써 밤 10시를 넘어서고 있다.

그때였다. 중형 승용차 한 대가 소리도 없이 원룸 건물 앞에 와서 멈춰 선다. 이어 차의 뒷문이 열리고 남녀 한 쌍이 차에서 내리더니 익숙한 듯 곧장 건물 안으로 들어간다.

1층 입구의 센서 등이 켜졌을 때, 철민은 재빨리 사내의 모습부터 살핀다. 그가 기억하고 있는 오종수와 비슷해 보인다. 좀 더 가까이 다가가서 확인해 보고 싶지만, 그들이 내린 차는 아직 그대로 정차하고 있었다.

2층, 3층, 4층, 5층의 계단에 차례로 불이 들어오고 다시 꺼진다. 아마 승용차에서도 그 불빛들을 보고 있었던 모양이다. 이윽고 5층 계단의 불빛이 꺼지자, 그제야 차는 스르르 미끄러지듯이 그 자리를 떠난다.

5층의 창문들을 통해 불빛이 흘러나오고 있다. 그럼으로써 아까의 남녀 한 쌍 중 사내가 오종수라는 사실은 명확해졌다.

그러나 갑작스럽게 개입된 여자 때문에 철민은 머리가 복잡해진다.

'어떻게 해야 하나?'

철민은 고민하다가 일단 집 안으로 침투부터 한 다음 상황에 따라 다시 대응하기로 한다. 침투 방법 또한 결정했다. 5층에서 옥상으로 통하는 곳의 완강기가 설치된 창문을 통해서다. 그 창문에서부터 5층 발코니까지는 간격이 좀 떨어져 있으나, 가볍게 점프하면 창틀에 매달릴 수 있을 것 같다. 그리고 그곳에서 다시 발코니 창문 두 개를 건너서 조금쯤 열려 있는 창문이 하나 있었으니, 거기를 열고 안으로 들어갈 작정이었다.

다만 좀 더 밤이 깊어지기를 기다려야 한다.

11시쯤이 되자 5층의 불이 꺼진다.

철민은 다시 30분을 더 기다렸다가 이내 움직였다. 그는 재빨리 계단을 뛰어올라 5층에 다다른다. 그런데 그가 완강기가 설치된 창문을 막 열려고 할 때였다.

삐리~ 릭!

현관문의 잠금장치가 열리는 소리가 났다.

철민은 재빨리 벽에 몸을 붙인다.

안에서 누군가 나온다. 계단의 센서 등이 켜진다.

여차하면 제압할 태세이던 철민은 슬며시 힘을 뺀다. 문을 열고 나온 사람은 여자였다. 여자는 아마도 볼일을 끝내고 다시 집을 나서는 모양이었다. 취한 듯 계단 난간에 의지하며 휘청거리며 계단을 내려가는 여자의 뒤에서 철문이 닫혔다. 그런데 문에 설치된 완충기가 약한지, 마지막 반 뼘쯤을 남기고는 닫히는 속도가 느려졌다.

철민은 몸을 날리듯 하며 문틈으로 손을 끼워 넣는다. 그리고 간발의 차이로 문이 닫히는 것을 막을 수 있었다. 다행인 것은, 여자가 자신의 등 뒤에서 벌어진 일에 대해 전혀 알아차리지 못한 채 계속 휘청휘청 계단을 내려가고 있다는 점이었다.

철민은 조심스럽게 문을 다시 열고, 재빨리 안으로 들어선다.

삐리~ 릭!

잠금장치가 다시 잠기는 소리를 들으며, 철민은 작게 안도의 숨을 내쉰다.

철민은 잠시간 그대로 서 있었다. 그의 눈이 빠르게 어둠에 적응을 해간다. 넓은 거실과 주방, 그리고 조금은 비효율적으로 배치된 네다섯 개의 방문이 보인다.

철민은 가만히 집중하며 귀를 기울인다. 고르게 내쉬고 들이마시는 숨소리가 들린다. 거실 너머 왼쪽 첫 번째 방이다.

천천히 거실을 가로질러 방문을 열자, 흐트러진 침대 위에 사내 하나가 벌거벗은 채 엎드려 잠들어 있다.

철민은 벽에 달린 스위치를 켜고, 침대 맡으로 다가선다.

"오종수!"

나직이 부르자 사내는 두어 번 뒤척이다가 문득 움찔 놀라며 깬다. 그러고는 눈이 부신 듯이 손으로 눈을 가린다. 그러나 다음 순간 사내는 재빨리 침대 위를 굴러 바닥으로 내려서며, 대응 자세를 취한다. 예기치 못한 상황을 맞은 것치고는 제법 신속한 반응이다.

그러나 철민은 여지를 주지 않는다. 곧장 다가들며 놈의 관자놀이에 가볍게 한 방을 꽂아준다.

놈이 풀썩 고꾸라진다.

잠시 기다리자 놈은 잠깐의 기절에서 깨어난다.

철민이 곧장 발뒤꿈치로 놈의 명치를 찍어버린다.

놈이 입을 딱 벌리며, 새우처럼 오그라든다.

그런 놈을 철민이 차근차근 짓밟아 나간다. 옆구리, 가슴, 목, 얼굴······.

얼마나 짓밟았을까? 놈은 피투성이가 된 채 사지를 뻗어버린다. 그런 채로 새로이 가해지는 고통에 대해서는 제대로 반응을 하지 않고 있다.

철민은 일단 멈춘다. 그리고 널브러진 놈을 내려다본다. 잔뜩 쪼그라든 놈의 물건이 흉물스럽다. 그 꼴이 민망스럽기도 해서, 철민은 침대 근처에 나뒹구는 옷가지를 놈의 몸 위에다 대충 던져준다.

"오종수!"
나직한 부름에 놈이 힘겹게 눈을 뜬다.
"너… 누구… 냐?"
놈이 물었다. 잔뜩 잠긴 목소리다. 그러나 사뭇 느릿한 그 말투에서 방금까지의 혹독한 구타에도 불구하고 결코 쉽게 굴복하지 않겠다는 놈의 의지 같은 게 느껴지는 듯하다.
철민은 대답하지 않고 묵묵히 내려다본다.
놈이 한결 또렷해진 목소리로 다시 묻는다.
"내가 누군지… 알고 왔니?"
그래도 철민이 내려다보고만 있자 놈은,
"끙!"
고통스러운 신음 소리를 내며, 힘겹게 몸을 뒤틀어 겨우 상체를 세우고는 책상다리를 하고 앉는다. 그리고 손바닥으로 얼굴을 쓱 쓸어 낭자한 피를 훔쳐낸다. 놈이 피식 실소한다. 그리고 다시 입을 연다.
"어이, 봐라! 원하는 게 있으면 말로 하면 되는 것이지, 이게 뭐냐? 아무리 좆같은 바닥이라고 해도 그렇지, 이 오종수가 이렇게 피 볼 군번은 아니지 않냐?"

철민이 차갑게 눈빛을 굳힌다. 그러자 놈은 짐짓 움찔하는 시늉으로 고개를 끄덕인다.

"아, 알았다, 알았어! 무조건 항복이다! 원하는 게 도대체 뭐냐?"

"나, 모르겠냐?"

철민이 처음으로 물었다.

놈의 눈빛이 금세 차분해진다. 그리고 철민의 얼굴을 자세히 살피더니, 잠시 후 퍼뜩 놀라며 뱉는다.

"너……? 그때 그놈… 김… 철민?"

그러나 놈은 이내 다시 실실 웃음기를 번져내며 말을 잇는다.

"흐흐흐! 어쩐지 처음부터 낯이 좀 익다 싶더라. 근데 이야! 김철민이! 진짜 운이 좋은 모양이네? 그 짱깨 새끼들한테서 용케 빠져나온 걸 보면 말이야?"

"쓸데없는 소리 지껄이지 말고, 이제부터 묻는 말에만 대답해라!"

철민이 다시금 표정을 굳힌다.

놈이 움찔하는 시늉으로 어깨를 으쓱해 보인다.

"오케이, 오케이!"

"방주와 중호! 놈들의 정체가 뭐지?"

"그 새끼들? 나도 몰라! 나는 그냥 누구한테, 그놈들을 좀 도와주라는 부탁을 받은 것뿐이야. 별생각 없이 얽혔다가, 재수 더럽게 꼬이고 만 거지. 니~ 미! 그런 고약한 일인 줄 미리 알았더라면, 부처님 할배가 부탁을 했더라도 처음부터 못 한다고 했지!"

"부탁을 한 사람이 영감탱이인가?"

"뭐?"

놈의 눈빛이 설핏 흔들린다.

"방기열에게 들었다. 영감탱이가 누구지?"

"기열이에게서 들었다고……?"

"묻는 말에만 대답하라고 했다!"

철민이 경고했다.

그러나 놈이 이번에는 기세를 꺾지 않고 다시 묻는다.

"기열이는 어떻게 했냐?"

철민이 차갑게 쏘아보며 덤덤히 뱉는다.

"죽였다!"

놈의 얼굴이 흠칫 굳는다.

"정말이냐?"

놈의 목소리에 날이 선다.

철민은 묵묵히 바라보는 것으로 대답을 대신한다.

놈은 이글거리는 눈빛으로 노려보더니, 문득 차갑게 가라앉은 투로 말을 뱉는다.

"정말인가 보군!"

그러더니 놈은 다시 한층 무덤덤해진 목소리로 잇는다.

"그런데 기열이를 굳이 죽일 이유가 있었나?"

"그럼 너는? 굳이 박성철을 죽일 이유가 있었나?"

철민이 놈을 마주 노려보며 차갑게 반문했다.

놈이 철민의 시선을 잠시 덤덤하게 맞받고 있더니, 가볍게 고개를 주억거린다.

"그렇군! 성철이하고 친구라고 하더니, 친구의 복수를 하겠다고? 그래서 방기열을 죽였고, 다시 나까지 죽이겠다고? 대단한 의리로군? 씨~ 발! 의리? 나도 한때는 그런 거 되게 좋아했었는데!"

"다시 묻겠다. 영감탱이가 누군가?"

"날 죽이려고 왔다는 건데, 영감탱이가 누군지 말하면? 살려주나?"

철민은 차갑게 침묵한다. 그러자 놈이 나직이 소리 내어 웃으며 말한다.

"흐흐흐! 야, 이 새끼야! 어차피 죽을 거라면, 내가 왜 그걸 말해주겠냐?"

철민이 가만히 놈을 응시하다가, 또한 희미한 웃음기를 떠올리며 느릿하게 대답해 준다.

"말하지 않으면, 가장 고통스럽게 죽여주지! 제발 죽여 달라고 애원하도록!"

오종수의 눈빛이 짧게 흔들린다. 그리고 놈은 슬며시 태도를 바꾼다.

"좋아! 말해주지! 그런데 말이야!"

놈이 슬쩍 말끝을 흐리고는 철민의 눈치를 살피며 다시 말을 잇는다.

"내가 누구라고 말해주면 믿을 수는 있겠냐?"

그러더니 놈은,

"끙!"

된소리를 내며 침대 모서리를 잡고 힘겹게 몸을 일으켜 세운다. 그 바람에 놈의 아랫도리를 덮고 있던 옷가지가 흘러내리며, 쪼그라든 흉물이 고스란히 모습을 드러낸다. 그리고 난 놈은 조금도 개의치 않고 비틀거리며 걸음을 내딛는다. 아마도 침대 맞은편 벽에 세워진 책장 쪽으로 가려는 모양이었다.

일단 놈이 하는 것을 지켜보고 있다가, 철민이 나직이 경고한다.

"허튼수작은 부리지 않는 게 좋을 거다."

그러자 놈은 멈추지 않고 짐짓 느긋한 투로 받는다.

"내가 지금 이런 꼴로 무슨 수작씩이나 부릴 수 있겠냐? 어이, 이리 와봐라! 그 영감탱이에게 받은 명함과 또 영감탱이의 사진이 나온 잡지도 보여주마! 후훗! 제법 유명한 양반이거든?"

그 말에 철민이 한걸음에 놈의 옆으로 따라붙는다.

놈은 책장에서 검은색 가죽 표지로 된, 아마도 명함첩으로 보이는 두툼한 부피의 책을 하나 뽑는다. 그리고 몇 장을 넘겨 명함 한 장을 뽑아서는 철민에게 내민다.

"이 양반이다!"

철민이 받자 놈은 다시,

"영감탱이가 나온 잡지가 어디 있더라……?"

혼잣말로 중얼거리며 책장에 꽂힌 몇 권의 책을 뒤적인다.

'명성공인중개사……?'

건네받은 명함의 윗줄을 읽는 순간, 철민은 설핏 의문을 느낀다. 그가 곧장 다시 오종수에게로 시선을 줄 때였다.

오종수가 그를 보며 웃고 있다. 비릿하게!

'아차!'

놈의 손에 권총이 들려 있었다. 그리고 방아쇠에 걸린 놈의 손가락에 힘이 들어가고 있다. 느릿하게!

반사적으로 슬비가 펼쳐지고 있다.

철민은 총구 방향으로부터 사선으로 비스듬하게 피해 나가며 놈과의 거리를 단숨에 좁힌다. 그러나 결과적으로 그의 대처는 놈의 손가락이 방아쇠를 당기는 것보다는 늦고 만다.

타앙!

고막이 찢기는 듯한 굉음이 울렸다. 그리고 한 가닥 맹렬한 날카로움이 철민의 귓전을 스치고 지나간다. 동시에 철민의 손날은 놈의 목젖 바로 아래를 강타한다.

팍!

놈의 몸이 휘청하고는 곧장 뒤로 넘어간다.

철민은 잠시 멍한 상태로 빠져들고 만다. 총격의 굉음과 충격파가 그제야 온전히 그에게로 전해진 탓도 있지만, 그보다는 미처 마음의 준비도 하지 않고 놈을 즉사시킨 것에 대한 혼란이 더 크다. 방금 그의 수도(手刀) 일격이 놈의 목뼈를 완전히 박살 내며 즉사에 이르게 했다는 사실은, 굳이 확인해 볼 여지도 없이 명백하다.

두렵지는 않다. 이상하게도 크게 긴장되지도 않는다. 다만 머릿속이 복잡해질 뿐이다.

딩~ 동!

현관의 초인종이 울렸다. 그러더니 다시 잇달아 울려댄다.

딩~ 동! 딩~ 동!

필시 총소리 때문일 것이다. 철민은 곧장 방을 나간다. 아까 밖에서 보아두었던 발코니 창을 통해 밖으로 빠져나갈 작정이다.

딩~ 동! 딩~ 동! 딩~ 동!

초인종 소리가 더욱 급박하게 울려대고 있다.

그런데 철민이 빠르게 거실을 가로질러 가는 중에 무심코 벽에 달린 인터폰의 화면을 보게 되었는데, 순간 그는 멈칫 멈춰서고 만다. 바깥에서 초인종을 누르고 있는 사람이, 그가 아는 얼굴인 까닭이다.

'한 대리?'

바로 한상운이었다.

의문보다는 차라리 안도가 앞선다. 철민은 곧바로 달려가 현관문을 열어준다.

"괜찮습니까?"

안으로 들어선 한상운의 첫마디가 그랬다. 이어 그가,

"어떻게 된 겁니까?"

하고 물었다.

철민은 당장 어떻게 대답할 수가 없었다.

"그게……."

철민이 얼버무리자 한상운이 고개를 끄덕이고는 재빨리 실내의 상황을 살피기 시작한다.

거실을 거쳐 문제의 방을 확인한 한상운의 표정이 대번에 굳어진다. 다만 그런 와중에도 그는 침착하고도 꼼꼼하게 상황을 점검해 나간다. 먼저 오종수의 코끝과 경동맥에 손가락을 대서 숨이 끊어진 것을 확인하고, 다음으로 손을 대지 않고 눈으로만 권총의 상태를 살핀다. 이어 벽에 남은 총탄의 흔적을 세밀하게 확인해 나간다.

이윽고 한상운이 짧게 숨을 내쉬며 입을 연다.

"먼저 내려가십시오!"

"한 대리는……?"

철민이 불안한 눈빛으로 물었다. 한상운이 차분하게 대답한다.

"저는 여기 뒷정리를 좀 하고 가도록 하겠습니다."

그래도 철민은 차마 발길이 떨어지지 않아 쭈뼛거리고 있었다.

한상운이 다시 덧붙인다.

"내려가면서 다른 사람들과 마주치지 않도록 하십시오. 그리고 건물 밖에서 강 대리가 기다리고 있을 겁니다."

"강 대리도 왔습니까?"

그 물음에 한상운이 고개만 까딱하고는 무표정한 얼굴로 재촉한다.

철민이 무거운 마음으로 현관을 나선다. 그런데 그가 계단을 내려와서 막 1층에 도착했을 때였다.

타~ 앙!

위쪽에서 뭔가에 억눌린 듯 무겁고 둔한 소리가 울렸다.

순간 철민은 그것이 총소리라고 직감했다. 마치 이불 속에서 쏜 것 같은 총소리였다.

연결 고리를 잃어버리다

살인!

살인을 한 그 순간에는 느끼지 못했지만, 차츰 뭐라고 표현하기 어려운 멍한 충격이 철민을 잠식해 나가고 있다.

어떤 이유에서건 사람을 죽였다.

인간으로서 인간을 죽인 것이다.

역설적이게도, 뼈아픈 자책도 있었다.

너무 충동적이고 경솔했다.

철저하게 제반의 상황들을 분석하고, 일어날 수 있는 모든 가능성들에 대해 면밀하게 예견하고 대비책들을 세운 다음에 움직였어야 했다.

당장 오종수의 죽음에 대해 경찰의 수사가 시작될 것인데, 그가 현장에 남긴 흔적들이 얼마나 많을 것인가?

한상운이 위로 겸 주의를 주긴 했다. 자신이 현장의 흔적을 철저하게 지웠고, 경찰의 수사 상황을 지켜보면서 박 소장이 적절히 손을 쓸 것이니, 당분간은 꼼짝 말고 호텔 안에서만 지내라고!

그러나 막막하기만 했다.

요행히 경찰의 수사를 비켜 나간다고 해도, 그다음은 또 어떻게 할 것인가?

오종수가 건네준 영감탱이의 명함은, 역시나 놈의 얕은 수작에 불과했다.

염치 불구하고 한상운에게 부탁을 해서 알아본 결과, 명함의 주인은 오종수의 원룸 건물의 전월세 관리를 도맡아서 대행해 주는 부동산 중개 사무실의 소장이었다. 혹시 몰라 신상을 조사해 보았지만, 의심해 볼 여지는 없었다고 했다.

그에 철민은 다음으로 넘어갈 연결 고리를 잃어버린 셈이 되고 말았다.

영감탱이!

그리고 중호와 방주!

다시 그들 뒤에 있을지도 모르는 또 다른 배후들과 연결된 유일한 고리!

제3장
안가(安家)

제안(2)

"김 대표! 기억하시오? 지난번 제안할 게 있다고 했던 것 말이오!"

전화도 없이 불쑥 호텔로 찾아온 박 소장의 첫마디가 그랬다.

"예… 기억은 합니다만……?"

철민이 떨떠름함을 굳이 감추지 않으며 받았다.

"하하하!"

박 소장이 짐짓 털털하게 웃고 나서 말을 잇는다.

"그때 부족했던 카드 한 장이 이제 준비가 된 것 같아서 말이오."

철민은 잠시 기억을 더듬고 나서야, 그 '카드'에 대한 기억을 떠올릴 수 있었다.

그때 박 소장이 취중에 말했었다. 그에게 제안할 게 하나 있는데, 당시 그가 가지고 있는 카드만으로는 부족하여 퇴짜를 맞을 것 같으니, 그가 흥미로워할 카드를 한 장 정도 더 확보하고 나서 다음 기회에 다시 제안을 하겠다고!

"제안을 하기에 앞서, 먼저 약속을 받아야 할 게 하나 있는데, 약속해 줄 수 있겠소?"

박 소장이 갑자기 진지해진다. 그에 철민은 설핏 실소하며 반문한다.

"뭡니까?"

"내 제안을 받아들일지의 여부에 상관없이, 지금부터 오가는 얘기들에 대해서는 철저히 비밀을 지켜달라는 것이오!"

그 말에 철민은 또 괜히 찜찜한 느낌을 받지 않을 수 없었다. 그러나 기왕에 나온 얘기이니만큼, 일단 들어는 보자 하는 마음으로 그는 고개를 끄덕인다.

"김 대표가 굉장한 자산가라는 걸 알고 있소!"

엉뚱한 말이었다. 그러나 깊숙하게 변한 박 소장의 눈빛은 전혀 엉뚱한 느낌이 아니었다. 사실은 그리 이상할 것도 아니다. 요 근래 보여준 박 소장의 사뭇 놀라운 능력치로 보자면, 실명으로 되어 있는 철민의 계좌들을 조사해 보는 것쯤 별로 어려운 일도 아니었을 테니 말이다.

"그래서요?"

철민은 짐짓 가볍게 반문했다.

박 소장이 희미하게 웃음기를 떠올리며 받는다.

"솔직한 대답을 바라겠소. 김 대표의 그 엄청난 자산, 혹시 부정한 방법으로 모은 것 아니요?"

순간 철민은 화가 난다기보다는, 문득 머리가 차가워지는 느낌이다.

"그 질문, 무슨 근거나 증거라도 가지고서 하는 겁니까?"

"근거나 증거 같은 거, 찾지 못했소, 아직까지는!"

"아직까지는 찾지 못했다? 이제 보니, 박 소장님은 처음부터 의도적으로 제게 접근을 한 것이었습니까?"

박 소장은 침묵으로 시인했다.

철민 또한 잠시간의 침묵으로 격동을 추스르고 나서야 다시 차분하게 말을 이어낼 수 있었다.

"박 소장님의 진짜 정체가 뭔지 모르겠지만, 확실한 증거가 없다면 함부로 말하지 마시죠? 경찰이든, 검찰이든, 혹은 그 무엇이든 짐작만으로 사람을 함부로 매도할 권한은 없는 것 아닙니까?"

박 소장이 슬쩍 시선을 피한다. 그러나 그는 다시 철민을 마주 보며 받는다.

"복권에 당첨된 것까진 행운이라고 칩시다. 그러나 그 이후 주식과 선물거래로 단기간에, 그것도 상식적으로 도저히 이해가 되지 않는 거래 형태로 엄청난 돈을 벌어들였는데, 그것에 대해 해명할 수 있겠소?"

"해명이요? 무슨 해명이요? 도대체 해명을 왜 해야 하는 겁니까? 주식과 선물로 돈을 벌면 다 해명을 해야 하는 겁니까? 주식과 선물로 돈 버는 사람들, 그리고 그것을 직업으로 하는 사람은 많습니다. 증권사, 보험사, 투자사, 심지어는 공적 자금인 연기금까지도 주식에 투자합니다. 그럼 그들이 투자로 돈을 벌 때마다 이렇게 저렇게 해서 돈을 벌었다고 일일이 해명을 해야 한다는 겁니까?"

"김 대표의 경우는 특별해도 너무 특별하니 하는 말 아니요?"

"그렇죠, 특별하죠. 길 가다 벼락 맞을 확률보다 더 낮다는 로또 일등에 당첨된 것부터가 특별하기 짝이 없는 케이스죠. 뭐, 일단 로또에 당첨된 것까지는 행운이라고 쳐주신다니, 그럼 그 뒤부터 한번 따져볼까요? 제가 주식과 선물거래에서 돈을 번 그 확률이, 로또 일등에 당첨될 확률과 비교해서 더 희박한가요? 더 특별한 겁니까?"

그리고 철민은 자리를 박차고 일어선다.

"무슨 얘기가 더 필요하겠습니까? 다시 한 번 말하지만, 확실한 증거를 제시하지 못하는 이상, 다시는 제게 이런 말씀 하지 마십시오! 그럼, 이만 나가주시겠습니까?"

박 소장이 엉거주춤 일어선다.

"김 대표! 잠깐 진정 좀 합시다."

"진정하고 말고 할 것도 없습니다. 흥분하지도 않았으니까요. 다만 박 소장님과 이런 대화를 나눌 이유가 조금도 없으니, 그만 나가주시라는 겁니다."

철민은 아예 문까지 열어줄 셈으로 걸음을 옮긴다.

"잠깐만, 김 대표!"

박 소장이 일단 철민을 말리며 무겁게 말을 잇는다.

"본의는 아니었지만, 무례했다면 사과하겠소. 그리고 우리 처음부터 다시 얘기를 시작합시다."

"전 대화하고 싶은 마음이 전혀 없다는데, 자꾸 왜 이러십니까?"

철민의 톤이 날카로워졌다.

박 소장의 눈빛이 문득 형형해진다. 그리고 그가 사뭇 단호한 투로 말한다.

"나는 대한민국 국가비밀정보국 제1팀장 박윤호요!"

그 말에 철민은 일시 얼떨떨해지고 만다.

박 소장이 확연히 달라진 톤과 말투로 다시 잇는다.

"한상운과 강혁수 역시 나와 함께 일하는 국가비밀정보국 요원이오. 국가비밀정보국은 그 존재 사실 자체가 극비인 특수 정보 조직이오. 그런 만큼 김 대표에게 정체를 밝히는 것은, 우리 세 사람의 목숨을 건다는 의미와 크게 다르지 않소."

이게 도대체 무슨 말인지? 철민은 순간 혼란에 빠졌다. 국가비밀정보국인지 뭔지 하는 건 무엇이고, 저들 세 사람의 목숨을 건다는 건 또 무슨 귀신 씻나락 까먹는 소리란 말인가?

"국가비밀정보국의 존재의 이유는, 국가와 공공의 이익을 위해 공권력이 하지 못하는 일을, 음지에서 헌신한다는 데 있소. 김 대표의 자산 형성 과정의 의문에 대한 수사 역시 그런 존재의 이유의 일환으로 우리에게 의뢰된 것이오!"

그 말에 철민은 설핏 혼란을 추스르며 묻는다.

"의뢰요? 대체 누가 의뢰를 했다는 겁니까?"

"이미 진즉 금감원을 비롯한 금융 당국의 사전 조사가 이루어졌었소. 김 대표가 주식과 선물거래에서 100%의 승률로 단기간에 거액의 이득을 취한 데 대해, 다수의 금융 전문가들이 세밀하게 분석을 했다는 뜻이오. 그리고 비록 실질적인 어떤 혐의나 물증을 확보하지는 못했지만, 정상적인 거래로는 결코 가능하지 않다는 결론이 도출된 바 있소. 즉, 전혀 새로운 형태의 어떤 조작이나 내부자 거래 등이 반드시 있을 것이라는 판단이오. 그리하여 근원적인 조치를 시급하게 취하지 않을 경우 자칫 국가금융시스템 전반을 심각하게 교란시킬 수도 있다는 긴급성이 부각되었고, 결국 특정 계통을 통해 비밀정보국으로 수사 의뢰가 들어온 것이오."

"자꾸 국가비밀정보국이니 뭐니 하는데, 전 모르겠습니다. 굳이 알아야 할 필요도 없을 것 같고요. 그렇지만 어쨌든 제가 범죄자 취급을 받고 있다는 겁니까?"

"국가비밀정보국은 공권력의 범주 안에 들어가지 않소. 그러니 적어도 우리에게는, 김 대표를 범죄자 취급할 권한이 없소."

"그래요? 그럼 처음부터 서로 간에 이런 얘기를 할 이유도 없는 것 아닌가요?"

"아니요! 우리가 김 대표를 위해 해줄 수 있는 게 있소! 그게 바로 내 제안이기도 하오!"

철민이 이쯤에서 '다 필요 없으니, 이제 그만합시다!' 하고 정리를 하려 하다가는, 설핏 생각을 바꾼다. 좀 전에 박 소장 등 세 사람의 목숨을 건다는 얘기가 새삼스럽기도 하거니와, 어쨌든 박 소장이 이렇게까지 얘기를 하는 것도 나름의 성의라고 해야 할 것이다. 그러니 그로서도 일단 얘기는 들어 보는 게 최소한의 예의일 것 같아서다.

"좋습니다. 그 제안이라는 거, 한번 들어는 보기로 하죠!"

"김 대표가 일단 블랙리스트에 오른 이상, 금융 당국과 정보부서의 감시와 경계는 앞으로도 계속될 것이오. 좀 더 솔직히 말한다면, 김 대표의 혐의에 대한 확증 여부에 상관없이 김 대표가 취한 이득은 결국 국가에 환수될 것이오. 그 과정에서는 비공식적이고, 혹은 비합법적 수단이 동원될 수도 있소. 다시 말해, 공공의 이익이 심각하게 침해받을 우려를 근원적으로 제거하기 위해, 김 대표에게 일방적인 손해나 희생을 강요하게 될 수도 있다는 뜻이오."

"음......!"

철민이 저도 모르게 무거운 침음성을 흘리고 만다.

박 소장이 차분히 말을 이어간다.

"그러한 일들이 벌어지지 않도록 하고, 나아가 김 대표가 이 건에 대해 완전히 자유로워지도록 우리가 도와줄 수 있소!"

"어떻게 말입니까?"

"국가와 공공의 이익을 위해 음지에서 헌신하는 게 우리의 존재의 이유라고 말한 바 있소. 김 대표를 도움으로써 더 큰 공공의 이익을 도모할 수 있다면, 우리는 얼마든지, 무엇이라도 할 수가 있소!"

"도와주겠다! 대신… 대가를 지불하라는 뜻으로 들리는군요?"

"대가라기보다는, 투자라고 하고 싶소!"

"투자요?"

"김 대표의 그 엄청난 자산, 설령 그것이 비정상적인 방법으로 취한 것이라고 하더라도, 국가와 사회 공공의 이익을 위해 쓰인다면 결국에는 올바른 가치를 부여할 수 있는 것 아니겠소?"

"그러니까 뭡니까? 지금 나보고 재산을 헌납이라도 하라는 얘기입니까?"

박 소장이 고개를 가로저으며 담담하게 받는다.

"아니요! 상황에 따라 상당한 손실을 입을 수도 있겠지만, 반대로 막대한 이익을 볼 수도 있소! 그래서 투자라고 하는 것이오."

철민이 차라리 실소하며 받는다.

"전 싫습니다."

단호한 거절이었다.

철민이 차분하게 덧붙인다.

"헌납이건 투자건, 도대체 내가 왜 그래야 한다는 겁니까? 왜 내 소중한 재산을 그렇게 써야 하는 거냐고요? 그리고 우리나라에 나보다 엄청나게 돈 많은 재벌들도 많은데, 털어서 먼지 안 나는 사람 없다고, 그 재벌들이라고 구린 구석을 찾아내지 못할 건 아니지 않겠습니까? 그렇다면 애꿎은 저한테 이럴 게 아니라, 그런 사람들한테 먼저 이런 제안을 해야 하는 것 아닙니까?"

잠시간 묵묵히 철민을 응시하던 박 소장이, 나직이 한숨을 내쉬며 다시 말을 꺼낸다.

"그동안 우리는 김 대표를 보아왔고, 김 대표도 우리를 보아왔소. 비록 짧은 기간이었지만, 우리는 서로에 대해 최소한의 신뢰는 쌓았다고 믿고 싶소. 지금의 상황에 대해 어떤 말로도 김 대표를 납득시키기 어렵다는 걸 알지만, 그 최소한의 신뢰에 기대어 한 번 더 간곡하게 말하겠소. 국익 차원에서 반드시 수행되어야 하지만, 몇 가지 특수한 상황 때문에 정부가 직접 나설 수 없는 비밀 프로젝트가 하나 있소. 극비의 보안 사항이라 지금 단계에서 더 상세하게는 말할 수 없지만, 김 대표의 도움이 절실하게 필요하오! 부디 도와주시오, 김 대표!"

점입가경이라더니, 이건 또 무슨 소리인가? 거창하다 못해 황당하기까지 하다. 그러나 박 소장이 시종 보이고 있는 진중함마저 무시해 버리기는 차마 곤란해서, 철민은 차라리 시선을 다른 곳으로 돌리고 만다.

박 소장이 다시 말을 잇는다.

"제안을 받아준다면, 우리는 최선을 다해 김 대표를 도울 것이오. 우선 당장, 김 대표를 위해 해줄 수 있는 게 있기도 하오. 아니, 이미 조치가 되고 있는 중이오!"

"또 뭡니까?"

철민이 퉁명스럽게 뱉었다.

"오종수 사건이오!"

박 소장이 담담히 받았다.

철민은 설핏 차갑게 가라앉고 만다. 그 말이 왜 진즉에 안 나오나 싶었다. 현 시점에서 그의 가장 치명적인 약점이었으니 말이다.

"계속해 보시죠?"

"사건은 조폭 두목의 권총 자살로 정리가 되고 있소. 아마 도 큰 문제없이 넘어갈 수 있을 거요."

힐끗 철민의 기색을 살핀 다음, 박 소장이 다시 말을 잇는 다.

"그리고 혹시… 마약 사건에 연루된 또 다른 인물들을 추적하고자 한다면, 그것에 대해서도 우리가 도움을 줄 수 있을 것이오!"

순간 철민은 박 소장을 똑바로 바라본다. 그리고 가만히 시선을 맞춘다.

철민은 안 그래도 막막했다.

그 혼자로선 더 이상 어떻게 해볼 수 없는 한계에 부닥쳐 있는 상태였다.

사실은 도와줄 수 있는 사람들에 대해서 생각을 해보았었다.

가장 먼저 대상에 올렸던 사람들은 역시 한상운과 강혁수, 그리고 박 소장이었다.

그들이 상당한 능력을 가지고 있다는 건 분명했다.

이미 여러모로 도움을 받고 있는 중이기도 했다.

그러나 과연 그들이 계속 그의 편에 서서, 끝까지 도움을 줄까 하는 점에 대해서는 확신할 수가 없었다.

거액의 보수를 준다고 해볼까?

그러면 그들이 설령 따로 목적하는 바가 있더라도, 어쨌든 그가 필요로 하는 도움을 주지는 않을까?

그런 따위의 생각들을 이미 수없이 해보기도 했었다.

"어떻게 도움을 줄 수 있다는 겁니까?"

철민이 조심스러운 심정으로 물었다.

박 소장이 희미하게 웃음기를 떠올리며 받는다.

"김 대표가 먼저 대답을 하는 게 순서이지 않겠소? 내 제안을 받아들일지, 말지!"

"제안을 받아들이면? 정말로 그들을, 마약 사건에 연루된 또 다른 자들을 찾을 수 있는 겁니까?"

"상당히 높은 가능성이 있다는 것! 그리고 최선을 다하겠다는 것! 이 두 가지는 분명히 말할 수 있소."

철민은 잠시 침묵에 잠긴다. 깊은 갈등이나 고민이 아니라, 그저 덤덤한 상태다. 그러다 한순간 그는 다시 현실로 돌아온다. 그리고 불쑥 묻는다.

"그 제안, 그래도 받아들이지 않겠다면? 지금까지의 얘기들은 없던 걸로 되는 겁니까?"

박 소장의 얼굴이 대번에 무거워진다. 그가 깊숙한 눈빛으로 철민을 응시한다.

철민은 그 날카로운 시선을 그저 덤덤하게 받는다.

잠시 후, 박 소장이 문득 빙그레 웃으며 말한다.

"고맙소, 김 대표!"

이어 박 소장은 손을 내밀어 악수를 청한다. 그리고 일방적으로 철민의 손을 잡고 흔든다.

"그럼, 난 이만 가보겠소!"

또한 일방적으로 인사를 건네더니, 박 소장은 설렁설렁 방을 나가 버렸다.

철민은 문득 기분이 더러워졌다. 뭐랄까, 사기를 당한 느낌 같다고 할까?

'제기랄!'

신변 정리

아침부터 박 소장과 한상운, 그리고 강혁수가 함께 철민의 호텔방을 찾았다. 아니, 이제부터는 국가비밀정보국 제1팀 박윤호 팀장 외 팀원들이라고 불러야 할까?

어쨌든 그들은 철민이 어색하고 불편해하거나 말거나, 이미 같은 편(?)으로 여기는 듯했다. 오늘 첫 번째 회합을 가지는 것이라고 했다.

철민도 이제 와서,

'나는 아직 입장을 명확히 결정하지 않았소!'

하는 따위의 말을 꺼내기도 구차스러웠다. 그는 그냥 못 이기는 척 분위기에 순응해 보기로 했다.

"먼저 김 대표의 신변 정리부터 하는 걸로 합시다. 거처 문제도 그렇고, 낙원상가에 관련해서도 정리를 좀 하는 걸로!"

박윤호 팀장이 말했다.

첫마디부터 이의를 달기는 그랬지만, 그 말에 대해 철민이 자신의 입장을 말하지 않을 수는 없었다.

"전 지금 그런 사소한 문제들에 신경 쓸 만큼 여유롭지 못합니다. 그런 것보다는, 제게 도움을 주겠다고 하셨던 부분들에 대해, 작은 무엇이라도 구체적이고도 실질적인 액션을 당장 시작하기를 바랍니다."

박윤호 팀장이 담담한 투로 받는다.

"김 대표의 심정은 이해하지만, 그 부분은 아직 본격적으로 추진할 시점이 아니오. 현재로선 리스크가 너무 커요!"

"리스크요? 그 리스크가 혹시 저의 안전에 관한 것이라면, 신경 안 써주셔도 됩니다. 제 한 몸은 제 스스로 지킬 수 있으니까요."

박윤호 팀장의 표정이 설핏 굳어진다.

"리스크는 김 대표 혼자에게만 국한되는 게 아니오. 당장의 가시적인 위험 한 가지만 들어 봅시다. 마약을 노리는 놈들이 김 대표를 다시 추적해 올 가능성에 대해서는 김 대표도 이미 충분하게 인지하고 있겠지만, 그런 과정에서 김 대표의 주변 사람들이 위해를 입을 가능성도 다분히 있다는 것이오. 우선 낙원상가 사람들 말이오. 놈들이 김 대표에게 접근하기 위해 육 소장에게 해를 가할 수도 있는 것 아니겠소?"

"음……!"

철민은 당장 대꾸할 말을 찾지 못한다.

박윤호 팀장이 진중하게 잇는다.

"그리고 이참에 분명하게 말해두겠소! 이제부터는 우리 일이 따로 있고, 김 대표의 일이 따로 있는 게 아니오. 우리 모두의 일과 공동의 미션이 있을 뿐이오. 이미 큰 틀에서의 계획은 수립되어 있소. 지금은 본격적인 액션에 앞서, 필수적인 기초 작업들을 우선적으로 수행해야 하는 시점이오. 김 대표가 답답한 심정이리라는 것은 짐작하지만, 지금으로서는 말해 줄 수 있는 게 엄격히 제한되어 있다는 걸 양해해 주길 바라겠소. 다만 우리의 미션과 그 실행 계획 안에 김 대표가 원하는 부분도 충실하게 반영되어 있다는 점은 내 이름과 명예를 걸고 다시 한 번 분명하게 얘기해 줄 수 있소."

철민은 시원스레 납득이 되는 건 아니었다. 그러나 박윤호 팀장이 그렇게까지 얘기를 하니 계속 따지고 들기도 뭐했다. 그는 결국 입을 다물었다.

박윤호 팀장이 모두를 한번 돌아보고 나서 다시 말을 잇는다.

"우리는 이제 한 팀이오. 우리 중 누구 한 사람이 위험에 처한다면, 곧 우리 모두가 위험해지는 것이고, 또 앞으로 함께 일하는 동안 서로에게 목숨을 의지해야 할 경우가 생길 수도 있소. 그러니만큼 우리는 이제부터 서로에 대해 절대적으로 신뢰할 수 있는, 공동 운명체가 되어야만 하오."

철민이 역시나 잘 납득이 되지는 않는다. 그러나 어쨌거나 박윤호 팀장의 제안을 이미 받아들인 모양새가 되어버린 후였다. 그런 이상 인정할 수밖에 없는 것은, 그가 이제 혼자가 아닌 그들과 함께 라는 사실이다. 또한 그들과 함께하는 동안, 박윤호 팀장이 리더일 것이었다.

"자! 그럼 다시 낙원상가 문제부터 정리를 해봅시다! 우선 상가의 소유권부터 이전해야 할 것 같은데……."

그리고 박윤호 팀장은 힐끗 철민을 바라보고 나서, 다시 말을 잇는다.

"기왕이면, 함부로 건드릴 수 없는 인물의 명의로 해두는 게 좋지 않겠소? 이를테면 검찰 출신이라든지……! 그래야 만약의 경우 상가 사람들에게 보호막도 될 수 있을 것이고! 어떻소? 김 대표가 괜찮다면 내가 추천을 해줄 수도 있는데! 아! 물론 명의만 빌리는 것이오! 하긴 뭐, 김 대표가 기껏 상가 하나의 소유권을 가지고 신경을 쓸 것도 아니겠지만 말이오."

철민은 간단히 수긍했다. 다만 향후 상가의 전반적인 관리는, 전적으로 육 소장에게 일임한다는 전제만을 달았다.

"자! 그럼 그건 됐고, 다음으로 김 대표의 거처 문젠데… 김 대표! 시내 조용한 곳에 비어 있는 2층짜리 단독주택이 한 채 있는데, 꽤 넓은 정원도 있고, 부속 시설도 제법 잘 갖춰져 있어요. 마침 여기 강 대리하고 한 대리도 지낼 곳이 마땅찮은

형편인데, 거기로 옮겨서 당분간 셋이 함께 지내는 건 어떻겠
소?"

그 말에 철민은 솔깃해지기도 했다. 이제 호텔 생활에 질리
기도 했고, 미우나 고우나 강혁수와 한상운만큼 정이 가는 사
람도 없으니, 그들과 함께 지낸다는 사실만으로도 괜히 마음
이 푸근해지는 것 같았다.

"공짜입니까?"

철민이 슬쩍 던졌다. 수용의 뜻이다.

박윤호 팀장이 싱긋이 웃으며 받는다.

"특급 호텔의 스위트룸보다 비싸기야 하겠소? 후훗! 농담이
고, 어차피 비워두고 있는 집이니 관리만 잘해 주면 될 거요."

안가(安家)

박윤호 팀장이 '꽤 넓은 정원도 있고, 부속 시설도 제법 잘
갖춰져 있다'고 한 그 2층짜리 단독주택은 그 이상을 갖추고
있었다.

정원은 풋살을 해도 충분할 만큼 넓은 데다, 감탄할 정도
로 잘 가꿔져 있었다.

그리고 시설은 더욱 대단했다.

외부 침입에 대한 자동 경고 시스템과 담장 주변 도로의 불

법 주정차 차량을 감시하는 지능형 영상 감지 CCTV까지 갖춰져 있다고 했다.

물론 철민으로서는 그것들의 실체가 얼마나 대단한지에 대해 실감이 나지 않았다.

다만 이곳이 일종의 안가(安家)일 거란 생각을 했다.

첩보 영화 같은 데서나 나오는 안전 가옥 같은 곳 말이다.

무탄(捫彈)

안가(?) 생활도 어느덧 한 달여를 지나고 있었다.

강혁수와 한상운은 출퇴근하듯이 매일 아침에 나갔다가 저녁이 되어서야 돌아왔다.

그러나 철민은 그동안 한 번도 외출을 하지 않았다.

혼자 있을 때 그는 주로 실내에서만 맴돌았고, 기껏 해야 잠깐 정원을 산책하는 게 고작이었다. 그에 안가는 그에게 하나의 감옥처럼 되어버렸다.

물론 강제로 갇혀 있다기보다는 굳이 밖으로 나갈 의욕 자체가 생기지 않았으니, 스스로를 가두고 있는 셈이었다.

그런 와중에도 거르지 않은 건 운기(運氣)였다. 거르지 않는 정도가 아니라, 종일 내내 방에 틀어박혀 운기만 하는 날도 있을 정도이니, 아예 집착을 하고 있는 것일 수도 있었다. 그

만큼 운기에 재미가 들기도 했고, 나아가 심결과 운기에 대한 그의 믿음은 이제 추호의 의구심도 없는 확신이 되었다.

요즘 그는 나날이 새롭게 놀라며 실감하고 있는 중이었다. 인간의 신체가 그처럼 무한히 많은 경로들로 이루어져 있으며, 그처럼 무한한 가능성을 가지고 있다는 사실에 대해! 그래서 인체를 하나의 우주라고 했던가?

그의 내부는 점점 더 어떤 에너지로 충만해지고 있었다. 전신의 세포 하나하나까지 채워지는 느낌이었다.

그의 내부에 쌓여가고 있는 예의 그 에너지에 대해 철민은 달리 마땅히 이름을 붙일 게 없어서, 비록 유치한 감이 있긴 하지만, 그래도 나름 익숙(?)한 용어로 부르기로 했다.

'내공'.

어쨌든 이제는 그가 운기를 하고 나면 제법 뿌듯함을 느낄 정도로 내공은 그 실체가 뚜렷해지고 있는 중이었다.

특히 오감 능력은 이제 그가 굳이 운기를 하고 있는 중이 아니더라도, 안가 내부에서 일어나는 웬만한 움직임들에 대해 방 안에 앉아서도 그 대강을 능히 짐작해 볼 수 있는 수준에까지 올랐다.

심결 중 일부 조각들이 다시 분화되면서 새로운 하위 요결이 만들어지는 과정은 여전히 계속되었다.

요즘 보면 그 요결들은 마치 철민의 내공이 커지기를 기다렸다가 그 수준에 맞는 단계의 것들이 툭툭 튀어나오는 것도 같다.

최근의 무탄(拇彈)만 해도 그렇다.

무(拇) — 엄지손가락 무.

탄(彈) — 튕길 탄.

어느 날 그가 운기를 끝낸 뒤 하나의 요결과 함께 문득 떠오른, 그 요결의 명칭이지 싶은 두 자의 한자다. 그중 무(拇) 자(字)는 이전에 그가 알지 못했던 글자이지만, 문득 저절로 알아졌다.

어쨌든 무탄(拇彈)!

엄지손가락을 튕긴다는 뜻일 터였다.

[주먹을 가볍게 말아쥐되 엄지손가락을 주먹 안으로 숨긴 다음, 단전에서 양의 기운을 수태음폐경(手太陰肺經)으로 불어 넣어 음양의 조화를 이루면 바람이 일어나는데, 이것에 강한 기백을 심어 찰나간 중첩시키면 더없이 강하고 날카로운 탄경(彈勁)을 생성시킬 수 있다.]

무탄의 요결을 핵심만 추리자면 그랬다.

'수태음폐경'이니, '탄경'이니 하는 용어들만으로도.

'도대체 뭔 소리야?'

해야 마땅할 터이지만, 역시나 대충 어떻게 하라는 건지가 저절로 알아진다.

그러더니 겨우 몇 번쯤 요결을 운용해 본 것만으로도, 문득 오른손 엄지손가락이 근질거리며 불끈거렸다.

그길로 그는 무탄에 빠져들고 말았다.

틱!

틱!

철민이 틈만 나면 엄지손가락을 튕겨대어 얼마 안 가 한상운과 강혁수의 눈에도 띄게 되었다.

두 사람은 난데없는 철민의 손가락 장난(?)이 은근히 신경이 쓰이는 모양이었다.

강혁수는 '엄지손가락을 안으로 숨기면서 주먹을 쥐는 것'에 대해 나름의 견해(?)를 말하기도 했다.

"어디서 봤는데, 그렇게 주먹을 쥐는 습관이 있는 사람은 자신감이 없어서 매사 뒤로 처지려고 하는 성격이라고 하더라고요! 그러니 대표님도 이참에 습관을 고쳐 보시는 게 어떻겠습니까?"

그러나 철민은 아랑곳하지 않는다. 식사 중에도, 대화를 할 때도 버릇인 듯 시도 때도 없이 '틱틱!'거린다.

그러자 한, 강, 두 사람도 이윽고 예사로 보아 넘기고 말았
다.

그리고 언제부터인가 철민의 무탄은 아주 희미하게 다른 소
리를 낸다.

찍!

찍!

그리고 그때부터 철민은 한상운과 강혁수가 있는 자리에서
는 더 이상 엄지손가락 장난을 치지 않았다.

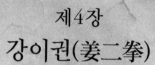

제4장
강이권(姜二拳)

PAR투자운용사

"김 대표가 적당한 이름 하나 지어 보시오!"

앞으로 활동하는 데 필요할 것이니 투자운용사를 하나 세우자면서, 박윤호 팀장이 하는 말이었다.

하필이면 투자운용사라 철민은 거부감이 생겼다.

'투자운용사면, 사설 대부업자쯤 되는 건가?'

일수니 월수니 하며, 고리대금업 내지는 사채업을 하겠다는 것과 같지 않은가 하는 생각이 들어서였다.

혹은 지하자금의 큰손 노릇?

그러나 그 정도의 이유로 거부할 수는 없는 노릇이었으니, 철민은 고민하고 말고 할 것도 없이 간단히 이름 하나를 지어 냈다.

'PAR'.

골프 칠 때 이븐 파, 언더 파 하는 PAR가 아니고, 파라다이스(Paradise)의 영문 알파벳 앞쪽 세 글자를 딴 것이었다.

물론 낙원상가를 염두에 둔 것이다.

비록 서류상으로는 완전히 분리해 둔 터였지만, 엄마의 생전 소원이 깃든 곳인 만큼 어떤 식으로든 끈은 연결해 두고 싶다는 마음의 발로였다.

'PAR투자운용사'는 그렇게 탄생했다.

강이권(姜二拳)

"이참에 김 대표도 새 이름을 하나 만드는 게 좋겠소!"

박윤호 팀장의 그 말에도 철민은 고민하고 말고 할 것도 없이 간단히 답을 냈다.

'강이권(姜二拳)'.

박윤호 팀장이 슬며시 실소하며 물었다.

"강 씨네 둘째 주먹? 기왕이면 첫째 주먹으로 하지, 왜 둘

째요?"

철민은 그저 덤덤히 웃으며 넘어갔다.

강 씨네 첫째 주먹! 강일권은 누구에게도 말하기 어려운 이름이었으니까!

며칠 후 철민은 명함 한 통을 받았다.

[PAR투자운용사 대표 강이권]

그의 두 번째 명함이었다.

국제 용병

"슬슬 돈 들어갈 일들이 생기기 시작합니다."

박윤호 팀장이 짐짓 싱거운 표정을 지으며 꺼낸 말이었다.

철민은 내심 쓴웃음을 지었다. 이제야말로 그의 돈이 필요하다는 소리일 테니 말이다.

그런 철민의 내심을 짐작이라도 했는지, 박윤호 팀장이 희미하게 웃으며 다시 말을 잇는다.

"한 대리와 강 대리에게 이제부터는 본격적으로 임무들이 걸리기 시작합니다. 그래서 말인데, 김 대표를 경호할 인력을 좀 구해야 할 것 같소!"

철민이 담담하게 받는다.

"일전에도 말씀드렸지만, 제 한 몸 정도는 스스로 지킬 수 있으니 신경 안 쓰셔도 됩니다."

그러자 박윤호 팀장은 설핏 묘한 빛을 띤다.

"물론 조폭 두목씩이나 되는 자를 혼자서 처리했으니만큼, 김 대표에게 보통 이상의 배짱과 능력이 있을 거라는 걸 짐작하지 못하는 바는 아니오. 그러나 누차 말했듯이, 앞으로 김 대표가 언제라도 맞닥뜨릴 수 있는 위험한 상황은 결코 김 대표 혼자서 감당할 수 있는 게 아닐 것이오. 그자들이 어떠하다는 건, 지난번 사건 당시 김 대표도 이미 겪어보지 않았소?"

'그때의 내가 아닙니다!'

철민은 순간 그렇게 맞받아치고 싶은 충동이 생겼다. 그러나 어쨌든 자신을 위해 경호가 필요하다고 말하는 사람에게 할 소리는 아니어서 일단 묵묵히 듣기만 했다.

"그래서 말인데, 용병을 한번 써 보면 어떻겠소? 국제 용병 말이오!"

박윤호 팀장의 그 말에 철민은 의아해졌다.

박윤호 팀장이 빙그레 웃으며 부연 설명을 한다.

"그 마약 사건과 관련해서 우리가 부딪쳐야 할 상대가 국제 범죄 조직일 가능성이 상당히 높다는 얘기는 지난번에 이미 했었소. 자! 그렇다면 앞으로 국내뿐만 아니라, 해외에서 활동해야 할 상황이 발생할 수도 있다는 전제도 미리 해두는 게 좋을 텐데? 그럴 때, 국내에서 필요한 인력들을 조직해서 데려간다? 후훗! 어떤 인력들을 어떻게 모을지에 대한 것도 쉬운 게 아니겠지만, 그렇게 데려간 인력들이 해외에서 얼마나 도움이 될지에 대해서는 사실 나도 좀 부정적이오. 그럴 바엔 차라리 해외에서 즉시 전력으로 활용할 수 있는 인력 풀로 미리 눈을 넓혀 놓았다가, 상황에 따라 순발력 있게 대응하자! 그 일환으로, 그리고 마침 김 대표의 경호 인력도 필요하고 하니 겸사겸사 국제 용병 시장 쪽으로 미리 한 발을 들여놓자! 내 생각은 그렇소."

철민으로서는 선뜻 실감하기가 어려운 얘기였다.

"사실은 신뢰할 만한 곳과 이미 접촉하고 있는 중이오."

박윤호 팀장의 말에 철민은 실감을 하고 못 하고를 떠나 불쑥 반발심이 생겼다.

'결국 군소리 말고 돈이나 내라는 거야?'

철민은 그런 생각도 해본다. 이것이 박윤호 팀장, 나아가 그의 조직이 다른 필요성을 위해 획책하는 공작일 수도 있으리라는!

그러나 철민은 굳이 거부하지는 않기로 한다. 어쨌거나 그가 이미 감수하기로 한 범주를 벗어나는 정도는 아니었으니 말이다.

                    *   *   *

　—저쪽에서 며칠 내로 김 대표에게 연락을 주겠답니다.

　박윤호 팀장에게서 전화가 왔다. '저쪽'은 보름쯤 전 그가
접촉 중이라고 했던 바로 그 '신뢰할 만한 곳'이다.

　"그냥… 박 팀장님께서 알아서 처리하시면 될 일이지, 굳이
제가 만날 필요까지 있겠습니까?"

　철민이 그렇게 받았다. 그러자 전화기 건너편의 박윤호 팀
장이 가볍게 입맛을 다시는 소리를 내며 말한다.

　—저쪽의 일하는 원칙이 그렇다고 하네요.

　"원칙이요?"

　—이런 형태의 계약에서 계약서보다는 사람과 사람 간의 신
뢰가 더 중요하다! 경호 대상자를 직접 만나 보고 난 다음에
계약을 하는 것이 자신들의 원칙이다! 뭐, 그런 얘기를 전해왔
습니다.

　"그러니까 뭡니까? 계약의 '을'인 저쪽에서 '갑'인 저를 직접
만나 보고 마음에 들어야만 계약을 하겠다, 그런 뜻입니까?

　—허허… 어디 그렇기까지야 하겠습니까? 다만 철저히 하겠
다는 뜻 같은데, 한편으론 그런 데서 오히려 전문가다운 면모

가 보이는 것 같기도 합니다. 뭐, 김 대표가 정히 내키지 않는다면 내가 그쪽과 다시 얘기를 해보도록 하겠소!

철민은 문득 생각이 바뀌었다. 슬쩍 흥미가 생긴 까닭이다.

"아닙니다. 미리 만나 봐서 나쁠 것도 없을 것 같네요."

사실은 철민 자신이 먼저 요구했어야 할 사항이다.

어쨌든 그의 돈으로, 그것도 어쩌면 그의 예상을 훌쩍 뛰어넘을지도 모를 거액이 들 수도 있는 계약이다.

그러니 당연히 그가 직접 그들을 보고 나서 결정해야 하지 않겠는가 말이다.

더불어 그들에게 돈을 지불할 사람이 바로 자신이라는 사실을 분명히 인식시켜 주는 것도 나쁘지 않았다.

철민이 저녁을 먹고 소파에 앉아 커피 한 잔을 즐기고 있을 때 휴대폰이 울렸다. 저장되지 않은 번호다.

─강이권 대표십니까?

서울 말씨이긴 해도 전라도 풍의 악센트가 배인 굵은 목소리가 물어왔다.

철민은 괜스레 멈칫하고 만다. 강이권이란 이름에 대한 낯섦 때문이다.

"예……! 제가 강이권입니다만, 누구십니까?"

그 소리에 아직 식탁에 앉아 있던 한상운과 강혁수가 재빨리 철민의 곁으로 다가온다. 그런 둘의 얼굴에 경계가 떠올라 있다.

—안녕하십니까? 강 대표님! 저는 안승조라고 합니다.

"안승조… 씨요?"

철민은 반문하는 한편 기억을 되새겨 본다. 그러나 그의 기억에는 없는 이름이다.

"그런데… 무슨 일이신지?"

—혹시 박 소장님께서 말씀 안 하시던가요?

철민은 퍼뜩 스쳐 지나가는 게 있었다. 그러나 그는 일단 다시 묻는다.

"박 소장님이라면……?"

—사회문제연구소의 박 소장님 말입니다. 그분께서 저희한테 용역을 의뢰하신 건과 관련해서 전화를 드렸습니다.

"아… 예!"

철민은 그제야 아는 체를 했다. 역시 그쪽이었다. 박윤호 팀장이 접촉 중이라는 국제 용병 조직! 그런데 막상 이렇게 전화를 받고 보니, 철민은 심장 박동이 빨라진다.

—만나 뵈었으면 하는데, 시간이 되시는지요?

"지금 말입니까?"

—미리 약속을 잡았어야 하는데, 저희 쪽 일이란 게 원래 좀 그래서… 양해해 주시기 바랍니다. 9시 괜찮으시겠습니까?

말은 정중했어도, 상대는 철민에게 여지를 주지 않았다.

한복이와 블랙이

회심옥!

안승조 쪽에서 정한 장소다.

그 이름부터가 좀 그렇다 싶더니, 한상운이 알아본 결과 일종의 요정 같은 콘셉트의 요릿집이라고 했다.

왜 있지 않은가?

6, 70년대에 정재계의 거물들이 비밀 회합 장소로 즐겨 이용했다던, 고급 기생들이 가무를 곁들여 시중을 드는 그런 곳 말이다.

그리고 강혁수와 한상운이 철민을 따라나선 건 당연했다.

과연 솟을대문 형태의 입구에서부터 옛 풍류의 느낌이 물씬 풍기는 곳이었다.

깔끔한 웨이터 차림의 도어맨(?)이 서 있다가 예약이 되어 있느냐고 묻는다.

철민이 안승조의 이름을 말하니 도어맨은 손에 들고 있던 작은 수첩을 펼쳐 곧장 확인해 준다.

"안에서 기다리고 계십니다!"

한상운이 슬쩍 묻는다.

"그 손님, 혹시 다른 일행과 함께 오셨소?"

도어맨이 한 번 더 수첩을 확인하며 대답한다.

"아닙니다. 혼자 오셨습니다!"

철민이 가볍게 웃으며 도어맨에게 말한다.

"방 하나만 더 부탁할 수 있을까요? 가까운 곳으로요!"

그 말에 한상운과 강혁수가 동시이다시피 철민을 흘깃 쳐다본다. 그러나 다른 말을 하지는 않았다.

도어맨이 어깨에 달린 마이크로 안쪽과 통화를 하였고, 잠시 후 안쪽에서 다른 남자 종업원 한 명이 철민 일행을 맞으러 나왔다.

대문 안으로 들어서자 곧장 정원이었다. 정원 가운데로 넓적한 석재를 깔아 낸 길을 따라 걸으니 갖가지 정원수와 자그마한 연못, 그리고 아기자기한 석조물들이 잘 꾸며져 있었다.

정원을 지나자 몇 채의 고풍스러운 기와집들이 나왔는데, 철민 일행이 안내된 곳은 마치 사랑채 느낌이 났다.

집을 빙 두르다시피 하여 짧은 마루가 있고, 그 안쪽으로 방들이 배치되어 있었다.

한상운과 강혁수가 따로 안내를 받아 가는 것을 잠시 보고 있다가, 철민은 안승조가 들어 있다는 방의 마루로 올라선다.

방문을 여니 안에 앉아 있던 남자가 일어서며 철민을 맞이한다. 30대 후반쯤의 나이에 다부진 체구다. 그리고 짙은 눈썹에 네모진 얼굴이 특징적이다.

"어서 오십시오, 김 대표님!"

　남자가 굵은 저음의 목소리로 인사했다. 그러곤 곧장 명함을 건넨다.

"안승조입니다!"

[명진무역 대표 안승조]

　명함을 확인하고, 철민 역시도 명함을 건넨다.

"강이권입니다."

[PAR투자운용사 대표 강이권]

　두 사람은 서로 앉기를 권하며 자리를 잡는다. 그러나 곧바로 본론으로 들어가기는 어색해서, 잠시의 침묵이 흐른다.

　철민은 실내를 훑어본다.

　그들이 마주 앉은 상은 8인용 내지는 10인용은 되어 보여서, 두 사람이 마주 앉기에는 좀 거창하다 싶을 정도로 크다. 더욱이 지금 그 상 위가 텅 비어 있다시피 해서 더욱 그랬다.

상대적으로 방은 아담했고, 내부의 장식이나 치장은 제법 운치가 있으면서도 고급스러웠다. 그리고 방의 한쪽 벽면에 자그마한 진열장이 놓여 있는데, 그곳에는 다양한 모양의 양주병들이 진열되어 있다.

"혹시 좋아하시는 술이 있으신지요?"

철민의 시선을 좇고 있었던지, 진열장을 가리키며 안승조가 불쑥 물었다.

"술을 크게 좋아하지 않아서, 그냥 아무 술이나 조금씩 마시는 편입니다."

철민이 짐짓 겸연쩍게 말했다.

안승조가 가볍게 웃으며 받는다.

"아, 예! 그러시군요. 그럼 제가 한 병 골라 봐도 괜찮겠습니까?"

철민이 고개를 끄덕여 보인다.

안승조가 몸을 일으켜 진열장 쪽으로 가서는, 고르는 기색도 없이 술병 하나를 꺼내 들고는 자리로 돌아온다. 그리고 간단히 마개를 따 철민의 잔과 자신의 잔을 채운다.

"자! 한잔하시죠!"

안승조가 잔을 들며 권한다.

철민이 잔을 들어 응대하며, 한 모금을 입안에 머금는다. 첫 느낌에서는 강하게 혀를 자극하는 것이 제법 높은 도수이다 싶다. 그러나 막상 목구멍을 넘어가는 느낌은 꽤나 깔끔하다.

"그럼 우선… 이번 계약 건에 대해, 김 대표님의 말씀을 청하겠습니다."

안승조가 문득 약간의 사무적인 투로 말했다.

철민은 설핏 당황스럽다. 그런 것에 대해서라면 박윤호 팀장 선에서 이미 다 얘기가 되었을 것이라 생각을 했던 것이고, 그렇지 않더라도 딱히 구체적인 생각을 해본 적이 없는 까닭이다.

"사실… 계약에 관한 실무 사항에 대해서, 저는 잘 모릅니다. 그런 논의가 필요하다면, 지금이라도 박… 소장을 오시라고 할까요?"

철민이 조금은 떨떠름한 느낌으로 말했다. 그러자 안승조가 얼른 고개를 가로젓는다.

"아… 아닙니다! 실무 사항에 관한 협의를 드리고자 하는 건 아닙니다. 그냥 편하게… 이번 계약 건에 대해 따로 하실 말씀이 있으시다면, 어떤 말씀이든지 경청하겠다는 뜻이었습니다."

안승조는 조금 당황한 기색이더니, 얼른 화제를 돌린다.

"그나저나… 제가 정신이 없어서, 안주도 없이 깡으로 독한 양주만 권했습니다."

이어 안승조는 상 밑에서 뭔가를 꺼내 드는데, 수화기였다. 아마도 인터폰이 설치되어 있는 모양이다.

"여기 술상 좀 내와요!"

안승조가 말하고는 수화기를 원래의 자리로 돌려놓는다.

바로 이어 방문이 열리더니, 여종업원 네다섯 명이 줄줄이 들어온다. 마치 문밖에서 대기하고 있었던 듯하다.

상에 요리들이 놓이기 시작한다. 그리고 이내 상 위는 각종의 요리들로 빼곡하게 들어찬다. 그야말로 상다리가 휘어질 지경이다. 두 사람이서 이걸 어떻게 다 먹나 싶어 철민은 괜한 걱정까지 든다.

그러나 정작 철민을 당황스럽게 만든 것은, 상을 차리느라 분주히 움직이던 여종업원들이 일제히 방을 나가고 난 다음이었다. 새로이 아가씨 둘이 들어오는데, 한눈에도 단순한 종업원이 아닌 것 같았다. 우선 미모들이 대단했다. 그런 와중에 몹시도 흥미롭다. 그녀들이 다분히 대조적이라는 점에서!

단적으로는 한복과 원피스의 대조다.

연분홍빛 한복을 차려 입은 아가씨는 화사하다. 그러면서도 절제된 듯한 미소와 조심스러운 행동거지에서는 단아함이 풍긴다.

반면 블랙 원피스를 입은 아가씨는 우선 요염하다. 콜라병처럼 강조된 몸매에서는 흡사 고무공 같은 탄력이 느껴진다. 폭발적인 도발이랄까? 그러나 차갑고 무표정한 듯한 표정에서 느껴지는 도도함에서, 그녀는 다시 기묘한 반전을 함께 가지고 있는 것만 같았다.

어쨌거나 그녀들은 보는 사람의 흥미를 자아내기 위해 일부러 그런 대조를 이룬 것처럼 보이기도 한다.

미리 정해놓기라도 한 듯 그녀들은 망설이는 눈치도 없이 곧장 자리를 잡는다.

화사한 한복은 안승조의 옆으로! 차갑고 도도한 블랙 원피스는 철민의 옆자리로!

그녀들이 각자의 이름을 말했을 때, 철민은 예쁘거나 그럴듯한 이름이라고 여기면서도 왠지 유치하다는 느낌을 받았다.

아마도 직업적인 예명일 거라는 선입감이 있어서였을까? 하긴 이런 자리에서 서로의 이름이 무에 중요하랴?

다만 금방 들은 그녀들의 이름이 이내 헷갈리기 시작하는 바람에, 철민은 나름의 작명 센스로 '한복이'와 '블랙이'라는 이름을 새로 붙인다. 물론 그 혼자만의 헛짓(?)이다.

분위기는 역시 한복이가 주도하고 있다. 그녀는 안승조와 철민에게 술을 권하고, 또 이런저런 화제를 재치 있게 이끌어냄으로써 어색한 침묵이 끼어들 틈을 주지 않는다.

블랙이는 대조적으로 묵묵하다. 그녀는 처음 자신의 이름을 말한 이후로는 정말로 단 한 마디도 하지 않고 있었다.

하긴 철민을 포함해서 누구도 그녀에게 말을 시키지도 않았다. 다만 그런 와중에도 블랙이는 철민의 잔이 비면 술을 채우는 일만큼은 충실히 하고 있다. 마치 말을 하지 않는 대신, 그것만이 자신의 일이라는 듯 아주 기계적일 만큼!

안승조는 제법 호주가인 듯하다. 급하다고 느껴질 만큼 술잔을 비워내고 있다. 그리고 그때마다 철민에게도 술을 권한다.

블랙이가 충실하게 자신의 일을 하도록 배려해 주는 차원에서라도 철민은 사양하지 않고 잔을 받아 비운다.

『완빤치』 6권에 계속…

멋진 인생
박선우 장편소설
FUSION FANTASTIC STORY
Wonderful Life
태어나며 손에 쥔 것이라고는 가난뿐.
그러나 내게는 온몸을 불사를 열정과
목숨처럼 소중한 사랑이 있었다.
『멋진 인생』
모두가 우러러보는 최고의 직장이자 가장 치열한 전쟁터,
천하그룹!
승진에 삶을 바친 야수들의 세계에서 우뚝 서게 되는
박강호의 치열하지만 낭만적인 이야기!
Book Publishing CHUNGEORAM
www.chungeoram.com

강준현 장편소설
FUSION FANTASTIC STORY

인생을 바꿔라

『복수의 길』, 『개척자』 강준현 작가의
2016년 신작!

자신이 무엇인지 알지 못하는 정신체, 염.
세상을 떠돌며 사람의 몸속으로 들어가
에너지를 얻고 나오길 반복하던 어느 날.

사고로 인한 하반신 마비, 애인의 이별 선언.
삶에 지쳐 자살하려는 김철의 몸에 들어가게 되는데……

"뭐, 뭐야! 아직도 못 벗어났단 말이야?"

새로운 삶을 살리라,
정처 없이 떠돌던 그의 인생 개척이 시작된다!

"어떤 삶인지 궁금하다고? 그럼 한번 따라와 봐."

Book Publishing CHUNGEORAM

유행이 아닌 자유추구 -
WWW.chungeoram.com